L Ü T H J E

Großstadtromeos

Roman

Ilse Gurski - Baumann
und Annemarie Benninghoff gewidmet

Eins

Es war ein Sonntag im Mai. Die Frühlingssonne verteilte sich unregelmäßig über die leeren Cola-Dosen und das andere Zeug, das wirr im Zimmer verstreut lag.
So manche Mutter hätte die Hände über dem Kopf zusammengeschlagen und wäre kurz darauf mit einem Eimer Wasser und einem Putzlappen erschienen. Marco sah es aber mit seiner Wohnung nicht so eng wie manche Mutter. Wenn er den Mülleimer mit der leeren Dose nicht mit einem Wurf traf, würde er sie eben bei einer anderen Gelegenheit wieder aufsammeln und dann hineinwerfen.

Die Mittagszeit an diesem Sonntag war noch nicht ganz erreicht. Es war etwa kurz vor elf. Schlaftrunken räkelte er sich in seinem Bett, fest umschlungen mit seiner Freundin Claudia. Mühsam begann sie nach Luft zu schnappen, wenn er sie wieder einmal an sich drückte.
Es war beinahe ein Wunder, wie sie es schafften, sich selbst im tiefsten Schlaf noch zu umarmen.

Der Radiowecker spielte schon seit gut einer halben Stunde eigensinnig vor sich hin. Marco und Claudia nahmen ihn nicht wahr. Es war auch kein Wunder. Es war mal wieder eine der etwas längeren Discotouren, die sie an diesem Sonnabend gemacht hatten. Als sie dann in der Dämmerung nach Hause kamen und mit halb zugefallenen Augen ins Bett fielen, dachte nun wirklich keiner der beiden mehr daran, den Wecker auszustellen. Aber was machte das schon? Schließlich hörten sie ihn ja nicht.

Eine halbe Stunde später schaltete der Wecker sich dann auch wieder automatisch aus, ohne dass sein Spielen irgend eine Wirkung gezeigt hätte.

Die leeren Cola-Dosen, die im Zimmer herumlagen, waren kein eindeutiges Zeugnis für die gesamte Wohnung. Es war zwar nicht die feine Art, die Dosen quer durch den Raum in den Mülleimer zu werfen, aber auf seine Wohnung legte er weit weniger Wert als darauf, wie er sich anderen präsentierte.

Claudia war es die meiste Zeit egal, wie es in seiner Wohnung aussah. Sie war nicht sehr oft bei ihm, höchstens, um bei ihm zu übernachten. Dann war es ihnen aber beiden egal, was nun wo auf dem Fußboden lag.

Im Gegensatz zu Marco wohnte Claudia noch zu Hause bei ihren Eltern. Sie kam daher auch nie auf die Idee, es als ihre Aufgabe anzusehen, ihm seine Wohnung auf Vordermann zu bringen.

Zwei Jahre war sie nun mit Marco zusammen. Bis auf die zwei Wochen, in denen sie erhebliche Meinungsverschiedenheiten hatten, hatten sie eine harmonische, manchmal stürmische Beziehung. Auf jeden Fall war sie glücklich.

Obwohl sie nun schon eine beträchtliche Zeit zusammen waren, lehnte Claudia es nach wie vor ab, zu ihm zu ziehen. Zwei oder drei mal hatte er sie darauf angesprochen. Selbst ihre Mutter wollte einmal wissen, ob sie daran dachte, zu ihm zu ziehen. Als sie es aber verneinte, war ihre Mutter dann doch recht froh. Sie begrüßte es, dass ihre Tochter ihre Selbstständigkeit nicht gleich wieder aufgeben wollte. Außerdem war das Haus ja groß genug.

Claudia wollte einfach noch nicht. Sie fand sich mit ihren einundzwanzig Jahren noch etwas zu jung, um schon mit ihrem Freund zusammenzuziehen. Es konnte noch so viel passieren. Vor allem in diesem Alter. Hinzu kam noch, dass Marco nur ein Jahr älter war als sie. Er mochte zwar in einigen Dingen reifer wirken, aber er war es nicht.
Jedenfalls sah sie es noch nicht ein, sich einem häuslichen Heim ergeben zu wollen.
Marco hatte sie auch nur aus Interesse gefragt. Es war nicht so, dass er auf der Stelle eine Familie gründen wollte. Dafür fand er sich und Claudia doch noch etwas jung. Und wenn er es so recht betrachtete, hatte er mit sich allein in der Wohnung noch genug Schwierigkeiten.

Kurz vor seinem einundzwanzigsten Geburtstag bot sich Marco die Gelegenheit, in diese Wohnung einzuziehen. In jener Zeit, in der Wohnungen Mangelware waren, musste man sich schnell entscheiden. Für ihn gab es in dieser Sache allerdings auch nicht viel zu überlegen. Sein Verhältnis zu seinen Eltern machte ihm die Entscheidung nicht gerade schwer. Er spielte schon einige Zeit mit dem Gedanken, von zu Hause auszuziehen. Er wollte seinen Eltern zeigen, dass er auch für sich allein sorgen konnte.
Sein Vater hatte ihn immer damit aufgezogen, dass er es nicht könne. Er hielt Marco für einen Versager, ohne zu erkennen, dass Marco in dieser Hinsicht doppelt so stark war wie er. In Wirklichkeit war der Vater der Versager. Er bemerkte es bloß nicht.

Marco hatte in einem großen Kaufhaus eine kaufmännische Ausbildung gemacht und arbeitete dort noch immer. Sein Vater hatte es nicht einmal geschafft, überhaupt einen Beruf zu erlernen. Sein Leben lang schlug er sich als Hilfsarbeiter durch. Meistens am Hafen. Das brachte zwar Geld, machte ihn aber auch körperlich kaputt.
Und nun hielt er Marco vor, ein Versager zu sein. In Wirklichkeit war es Marcos Mutter, die für sie beide sorgte.

Ein einziges Michael-Jackson-Plakat hing zwischen den New-Art-Postern an seiner Wand. Die Sonne stand schon zu hoch, sodass die Plakate längst wieder im Schatten hingen. Claudia sah sich um und versuchte sich aus Marcos Umarmung zu befreien. Mit Mühe gelang es ihr, und mit zerzaustem Haar und vom Schlaf geröteten Augen ging sie durch das Zimmer.
Im Vorbeigehen riskierte sie einen Blick aus dem Fenster. Eigentlich war Regen angesagt. In diesem Moment sah es aber nach allem anderen aus, nur nicht nach Regen.
Mit einer gewissen Erleichterung stellte Claudia das gute Wetter fest. Brauchte sie doch nicht den ganzen Tag in der Bude zu sitzen!

Dank des guten Wetters konnte Claudia noch Pläne für den restlichen Tag machen. Auf der Toilette griff sie maulend nach einem Handtuch und legte es sich unter die Füße. Die kalten Kacheln empfand sie als sehr störend. Gelangweilt saß sie nun auf dem Lokus und achtete darauf, nicht erneut einzuschlafen.

Marco schlief noch immer und hatte nichts davon bemerkt, dass Claudia schon einige Minuten nicht mehr bei ihm lag. Inzwischen wurde aber auch sein Schlaf unruhiger, und es dauerte nicht mehr lange, bis er schließlich aufwachte.

Claudia hatte zwischenzeitlich begonnen, in der Küche eine Art Frühstück vorzubereiten. Mit einer beliebigen Menge Kaffee in der Filtertüte wartete sie nun am Küchentisch darauf, dass das Wasser durchgelaufen war. Die Kaffeemaschine war ein uraltes Exemplar. Anlässlich seines Einzugs hatte Marco sie von seiner Großmutter geschenkt bekommen. Sie hatte die Maschine auf ihrem Speicher gefunden, auf dem sie schon Jahre nicht mehr gewesen war, und dachte, dass das Gerät bei ihrem Enkel besser und nützlicher aufgehoben war. Marco freute sich darüber, dass er die Kaffeemaschine geschenkt bekam. Er hatte für so einen Blödsinn nun wirklich kein Geld über. Er musste sich eher Gedanken darüber machen, wie er seinen nächsten Konzertbesuch finanzieren sollte oder die nächsten sechs CD's.

Als der Kaffee nach zehn Minuten immer noch nicht durchgelaufen war und sich abzeichnete, dass es auch noch weitere zehn Minuten dauern sollte, schaltete Claudia den Gettoblaster ein, den Marco in der Küche stehen hatte. Es war noch jenes Gerät, welches er mit sechzehn auf seinen Schultern durch die Schule getragen hatte.

Von ihrem Lieblingslied, das Claudia bis zum Anschlag aufdrehte, wurde Marco auf unsanfte Weise geweckt. Mit ihrer Art Musik konnte er nicht das Geringste anfangen und mit diesem Lied schon gar nicht. In diesem Fall schieden sich ihre Geister. Mit einem lauten Stöhnen zog

er sich seine Decke über das Gesicht und warf das Kissen gegen die Tür. Die Tür zeigte sich aber wenig beeindruckt und bewegte sich keinen einzigen Zentimeter.
So sehr er sich das auch gewünscht hatte, die Musik gab nicht auf. Sie wurde nicht leiser. Im Gegenteil, er hörte, wie Claudia das Lied mit Gesang und Taktschlägen auf dem Tisch begleitete. Erst als der Moderator in das Finale des Liedes einfiel, stellte Claudia das Gerät wieder leiser. Es war zwanzig vor zwölf.

Marco fand es nun auch angemessen aufzustehen. Bevor er allerdings aus dem Bett kroch, warf er einen kurzen Blick unter seine Bettdecke. Er wusste nicht mehr genau, ob er seine Shorts nun anbehalten oder ob er sie ausgezogen hatte. Er hatte sie noch an. Das beantwortete auch seine nächste Frage. Die, ob er mit Claudia geschlafen hatte oder nicht. Sie hatten es nicht.

Mit zerzaustem Haar blieb er im Türrahmen der Küche stehen und sah Claudia mit einem verschmitzten Lächeln an.
„Guten Morgen, mein Bär", sagte sie.
„Guten Morgen ...", nuschelte er.
„Ohhhh, ich liebe dich, wenn du so aussiehst."
Sie stürmte auf ihn zu und begann ihn zu kitzeln. Durch ihre Wucht, aber auch ein wenig flüchtend, stürzte er zurück und landete auf dem Fußboden. Claudia gab aber nicht nach. Sie dachte nicht daran aufzuhören, ihn zu kitzeln. Es kam nicht oft vor, dass sie ihn so unvorbereitet traf. Nun aber war es endlich mal wieder so weit, und sie war entschlossen, es auszunutzen.
„Ahh, bitte hör auf ...!", schrie er und lachte lautstark.
„Ich denke nicht daran."

„Ich ...ich kann aber nicht mehr."
Während er nach Luft schnappte, wälzten sie sich am Boden.
„Ist mir doch egal ...!", lachte sie.
„Schluss jetzt ..."
Marco drehte den Spieß um und kitzelte Claudia durch.
„Hähä ...vergiss es, ich bin nicht kitzelig, schon vergessen?"
„Ach was ... komm her ...", sagte er zärtlich und nahm sie in den Arm.
Eigentlich waren sie schon ein einziges Knäuel, aber sie fanden immer noch weitere Möglichkeiten, sich zu umarmen. Und sie küssten sich. Mehr als einmal und mit jedem Kuss intensiver.
Zärtlich strich Marco ihr durchs Haar
„Ich hab dich so gottverdammt lieb", sagte er.
Er küsste sie weiter. Ihren Mund, ihren Hals. Und sie liebte ihn, wenn er so kräftig, wie er war, so zärtlich mit ihr umging.

Die Zeiger der Uhr eilten auf eins zu. Marco lief noch immer in Shorts herum und versuchte, in der Wohnung Ordnung zu schaffen. So nach und nach sah die Wohnung wieder wohnlich aus. Gelüftet hatte er auch, und die Wohnung duftete fast wie ein einziger Blumengarten. Fast.
Claudia war gerade mit dem Duschen fertig geworden und sprang im Bad hin und her.
„Wo hast du denn deinen Föhn gelassen?", rief sie und stürzte aus dem Badezimmer.
„Den hab ich nicht mehr."
„Wieso hast du den nicht mehr?"
„Weil er kaputt gegangen ist."
„Ach Mann, hättest du das nicht eher sagen können?"

Entsetzt ließ sie sich auf einen Stuhl fallen.

„Du siehst auch so phantastisch aus. Ich finde dich sogar niedlicher so.“

„Ach, hör doch auf“, maulte sie. „Was machst du hier eigentlich? Erwartest du deine Mutter? Das hast du doch sonst noch nie so früh gemacht.“

„Irgendwann muss ich es ja machen. Ich konnte ja nicht mal mehr das Telefon finden.“

Claudia brummte vor sich hin. Mit einem Handtuch rubbelte sie sich ihre Haare trocken.

„Du bist jetzt dran. Sieh zu, dass du ins Bad kommst.“

Während er nun singend unter der Dusche stand, saß sie vor seinem Schrank und suchte sich etwas zum Anziehen heraus. Sie liebte es, seine T-Shirts und Sweatshirts zu tragen. Am liebsten hätte sie auch noch seine Jeans angezogen, aber die waren ihr zu lang.

Er mochte es ebenfalls, dass sie seine Sachen trug. Wenn sie sich dann für einige Tage nicht sehen konnten, hatte er meistens jene Sachen an, die sie zuvor getragen hatte. Es brachte die beiden einander näher. Sie empfanden es jedenfalls so. Sie fühlten sich verbundener, wenn sie sich so verhielten.

Eigentlich waren ihr nicht nur seine Jeans zu lang, sondern auch alle restlichen Sachen waren zu groß. Das machte aber beiden nichts aus. Meistens ließ sie die T-Shirts oder Sweatshirts einfach nur über der Hose im Wind wehen. Manchmal allerdings stopfte sie das Shirt in ihre Hose, und ihre ganzen Formen, ihre ganze Pracht kam darunter zum Vorschein. Jedes Mal, wenn sie es tat, hielt Marco die Luft an. Immer, wenn sie es tat, wusste er sofort, dass es keine andere Frau geben konnte, die Claudia überbieten würde.

Voller Tatendrang und mit feuchten Haaren stürzte er in seinen knielangen Shorts aus dem Bad und sprang in seine Jeans. Er griff sich, ohne hinzusehen, ein T-Shirt aus seinem Schrank und gab Claudia einen flüchtigen Kuss.

„Was machen wir heute?", fragte er.

„Ist mir egal, such dir was aus."

„Ach, gehen wir erst mal Eis essen."

Er setzte sich auf den Boden und zog sich seine Basketballstiefel an.

„Hast du den Kasten ausgemacht?"

„Ja sicher, es war ja nur die eine Stunde. Jetzt sind da so ein paar andere Idioten am Mikro. Die mag ich nicht."

„Bist du fertig?"

„Ich bin schon fast seit einer halben Stunde fertig."

Es war tatsächlich ein ähnlich schöner Tag geworden, wie es der Vormittag angekündigt hatte. Die Sonne stand hoch am Himmel, und die verschiedenen Springbrunnen der Stadt sprudelten vor sich hin. In den Parks tummelten sich ganze Rudel von Teenagern, die auf ihren Skateboards die waghalsigsten Kunststücke vorführten. In Windeseile schossen sie zwischen den verliebten Paaren umher, die an jeder Ecke standen. Einige saßen auf abgelegenen Parkbänken oder waren im Auto unterwegs. Eines hatten allerdings alle Pärchen gemeinsam: Sie alle schmiegten sich sanft aneinander und sahen sich verliebt in die Augen.

Es muss ein schreckliches Gefühl für so manchen Rentner gewesen sein, diese schier unbändige Kraft und Liebe überall bei den jungen Paaren zu sehen. Diese überschäumende Lebenslust, die an diese unbändige

Liebe gekoppelt war. Wie sollte sich ein einsamer alter Mann fühlen, wenn er dieses alles sieht, nachdem er seine Frau nach fünfunddreißig Jahren verloren hatte?

Die selbst gebackenen Eiswaffeln, die der Verkäufer wahlweise anbot, waren randvoll gefüllt. Drei bis vier Kugeln ragten noch über die Waffel hinaus. Claudia und Marco hatten sich viel vorgenommen. Sie saßen auf einer Wiese und lachten. Sie mussten sich mit ihrem Eis beeilen. Sie wollten schließlich nicht Gefahr laufen, das Eis als Milchshake trinken zu müssen.
Sie saßen einfach nur da, und die Sonne schien auf sie herab. Wenn es gerade still war und weder ein Flugzeug oder Auto noch irgendein lauter Bengel die Ruhe störte, konnten sie einen dieser vielen Springbrunnen in der Ferne hören.
„Ach, es ist so schrecklich", sagte er und ließ sich, nachdem er das Eis aufgegessen hatte, zurück auf den Rasen fallen.
„Was ...?"
„Dass ich ab morgen nur eine Woche Urlaub habe."
„Ich finde es ganz gut", sagte sie.
„Wieso?"
„Dann kommst du wenigstens nicht auf dumme Gedanken, wenn du zu viele Tage alleine bist."
Marco setzte sich wieder auf und sah Claudia an.
„Wenn du wüsstest ...", sagte er leise.
„Du wagst es nicht ...!", sagte sie warnend und machte Anstalten, sich auf ihn zu stürzen. Marco sprang auf und lief davon.
„Du ... ich warne dich ...", rief sie und lief ihm nach.
In einer Baumgruppe holten sie kurz Luft und versuchten, sich gegenseitig zu fangen, ohne selber gefangen zu werden. Claudia und Marco fielen mit ihrem Trubel, den

sie veranstalteten, nicht auf. Es waren so viele Pärchen, die das Gleiche oder zumindest etwas Ähnliches taten. Für alte, allein stehende Leute war es vielleicht wirklich schmerzlich, aber für sie selbst war es das Schönste, was es in diesem Moment gab.

Arm in Arm gingen sie auf einem der Unmengen von Wegen. Sie waren immer im Gleichschritt, ohne aber auch nur einmal wirklich darauf zu achten. Sie achteten auf gar nichts. Sie sahen nur auf das kleine Stück Weg, das genau vor ihnen lag. Auf nichts anderes.

„Ich habe vorgestern mit Heiko gesprochen“, meinte er.
„Dein Bruder? Was wollte der denn? Ich denke, der hat die gleichen bekloppten Ansichten wie dein Vater.“
„Hat er auch. Ich hab ja auch nichts mit ihm zu tun, aber er rief mich an.“
„Und was wollte er?“
„Er meinte, dass mein Vater krank sei.“
„Das war er schon immer. So lange ich ihn kenne.“
„Nein, er meinte, es wäre ernster.“
„Na und, der kommt auch ohne dich aus. Er hat dir ja schließlich auch nie bei irgendetwas geholfen.“
„Das hab ich ihm auch gesagt.“
„Und...?“
„Er knallte den Hörer auf.“
„Na also, wieder eine Sache erledigt.“
„Ich weiß nicht. Ich denke nach.“

Nur wenige kleine Schleierwolken trauten sich, am Himmel zu erscheinen. Sie hatten allerdings keine Möglichkeit, das Wetter zu beeinflussen. Es schien eher so, als wollten sie nur mal herauskommen und nachsehen, was die Menschen auf der Erde so trieben.

„Ich hab Lust auf eine Pizza", sagte Claudia.

„Was ...? Du hast vor nicht einmal einer halben Stunde eine riesige Portion Eis gegessen."

„Ja, na und? Das hat doch damit nichts zu tun, dass ich jetzt eine Pizza will."

„Na gut. Dann fahren wir erst zu mir und essen dann bei Tommy eine Pizza."

„Abgemacht. Danach bringst du mich aber nach Hause."

Marcos Wagen war nicht gerade einer der neuesten, aber immerhin fuhr der Wagen noch. Marco spielte aber schon mit dem Gedanken, seinen alten Ford Taunus gegen einen neueren Wagen einzutauschen. Claudia gefiel der Wagen. Es war nicht so eine widerliche Macho-Kutsche. Als Einziges störte sie, dass die Heizung im Winter nicht wärmte. Im Sommer tat sie es seltsamerweise immer.

„Aaahhhh ... meine Freunde ..."
Mit fast überschwänglicher Freude kam Tommy mit ausgebreiteten Armen auf Marco und Claudia zu. Tatsächlich kannte er Marco und Claudia schon recht lange. Das hatte aber nichts mit der Begrüßung zu tun. Tommy bemühte sich, jeden Gast so freundlich zu begrüßen. Na, vielleicht nicht genauso, aber zumindest ähnlich.

„Wie geht es euch? Also, wenn ihr meine einzigen Gäste wärt, wäre ich schon verhungert. Ihr seid lange nicht mehr hier gewesen."

„Wir können uns doch nicht nur von Pizza ernähren", meinte Marco.

„Als ob ich nur Pizza verkaufe!"

„Na, die paar Nudeln, die du hier noch hast, machen den Kohl auch nicht fett“, sagte Claudia.
Ein bisschen verletzt sah Tommy sie an. Sie hatte es zwar im Spaß gesagt, doch er fasste es ziemlich ernst auf. Es änderte aber nichts daran, dass Tommy wirklich nur ein dürftiges Angebot hatte. Es lag nicht unbedingt daran, dass er nicht mehr anbieten wollte, er konnte es nicht. Um mehr anzubieten, musste er noch jemanden einstellen. Das konnte er sich aber nicht leisten, obwohl er nun doch schon drei Jahre seinen Laden an dieser Ecke betrieb. Es war eben ein schweres Geschäft.

„Bringe uns mal zwei von deinen Universal-Pizzen“, sagte Marco und ging auf einen der hinteren Tische zu.

Viel besser konnte das Geschäft aber gar nicht werden. Er hatte fast nur Stammkundschaft. Aber welcher Stammkunde ernährt sich nur von Pizza? Es waren eher Stammkunden wie Marco. Einer, der seine Pizza nur bei ihm kaufte, aber eben nicht jeden Tag.

Von dem Tisch aus, an dem sie saßen, konnten sie noch die Schlusssequenz der Lindenstraße sehen, und die allseits bekannte Melodie drang ihnen ins Ohr.
„Wenn du Urlaub hast, sehen wir uns ja wohl in der Woche?“, fragte sie.
„Natürlich sehen wir uns in der Woche. Warum fragst du das?“
„Letzte Woche haben wir uns nicht gesehen.“
„Ach bitte nicht, ich hab es dir doch erklärt. Ich musste Überstunden machen, wegen des Umbaus. Da war ich froh, als ich abends zu Hause war.“
„Du hast mir letzte Woche gefehlt. Das bisschen Telefonieren reicht eben nicht.“

„So Leute, da habt ihr eure Pizza ...“
„Danke ...“, meinten beide gleichzeitig.
„Lasst sie euch schmecken!“

Marco spürte ein ungutes, fast unsicheres Gefühl, als
Claudia ihm sagte, dass ihr das Telefonieren nicht
reichte. Es war ein Gefühl, das beinahe mit einem
Schuldgefühl zu vergleichen war. Er mochte nicht, wenn
Claudia sich einsam fühlte. Und dass er der Auslöser war,
gefiel ihm erst recht nicht.

Als sie ihre Pizza aßen, sah er mehrmals zu ihr herüber,
ohne dass sie es bemerkte. Er sah sie an. Er sah mehr als
jeder andere, der sie ansah. Entweder sie sahen nur ihren
ausnahmslos schönen Körper, oder sie sahen nur ihre
Stärke, ihr Selbstbewusstsein. Er sah mehr. Er sah noch,
dass sie unter ihrer Stärke auch verletzlich war. Er sah
ihre Sehnsucht und er sah ihre Liebe.

Auf dieser Pizza, die sie aßen, war alles, was auf eine
Pizza gelegt werden konnte. Und sie war dermaßen groß,
dass, wenn man sich beim ersten Bissen noch die Zunge
verbrannte, man beim letzten Stück dachte, sie käme
gerade aus dem Kühlschrank.
Als sie das Besteck auf die endlich leeren Teller fallen
ließen, waren sie papp-satt. Schnaufend und sich den
Schweiß von der Stirn wischend, ließen sie sich gegen
die Stuhllehne fallen.
„Tommy, ich glaube, es wird Zeit, dass wir gehen“, rief
Marco.
„Du hast dich wieder selbst übertroffen“, stöhnte Claudia.
Sich freuend über das Kompliment, kam er an den Tisch.
„Dafür bezahlt ihr ja auch einundzwanzig Mark für jede
Pizza.“

Als er das sagte, schüttelte er demonstrativ sein großes Geschäftsportemonnaie, dass die Münzen darin klangen.
„Die sind sie ausnahmsweise auch wert", meinte Marco und bezahlte.

Es war halb neun geworden, als Marco und Claudia Tommys Geschäft verließen. Aus der Ferne konnten sie im Abendwind sogar ein paar Vögel singen hören, obwohl sie mitten in der Stadt waren und nur vereinzelt ein paar Bäume am Straßenrand standen. Es war ein verdammt schöner Abend, als Marco ihr die Autotür aufschloss und sie einsteigen konnte.

Wie an jedem Sonntag waren die Straßen leer, und es dauerte nicht lange, bis Marco vor ihrer Haustür hielt. Sie warteten noch einige Minuten, bevor sie sich verabschiedeten. Es kam nicht selten vor, dass Claudias Eltern durch das Küchenfenster nach draußen sahen, um vielleicht mitzubekommen, was sie noch so lange im Wagen taten.
„Ich rufe dich morgen, an und am Dienstag hole ich dich ab."
„Was hast du vor?"
„Das weiß ich noch nicht so genau, aber ich werde mir schon noch etwas überlegen. Keine Angst."
„Weißt du was, Marco? Ich werde heute Nacht von dir träumen."
„Und ich liebe dich", sagte er.
Mit einem Lächeln auf den Lippen stieg sie aus dem Wagen. Er hatte das gesagt, was sie als Abschluss für diesen Abend hören wollte, und nun wollte sie zu sich hineingehen. Marco stieg ebenfalls aus und folgte ihr die Treppen zum Haus hinauf.

„Hey, komm noch mal her", sagte er sanft und deutete an, dass er sie noch einmal in den Arm nehmen wollte. Als sie es tat, hörten sie, wie sich neben ihnen ein Fenster öffnete. Es war Claudias Mutter, die zugleich brennend neugierig und desinteressiert zu ihnen herübersah. Letzteres wirkte sehr unglaubwürdig.

„Oh, da seid ihr ja schon. Hallo, Marco ...! Claudia, isst du noch mit uns mit?"
Alle wussten, dass sie die Frage nur gestellt hatte, um einen Grund zu haben, ans Fenster zu kommen. Claudias Eltern hatten schon längst gegessen, und es war gang und gäbe, dass derjenige, der zu spät kam, allein essen musste. Ihre Begrüßung viel derart freundlich aus, dass Marco und Claudia nicht genau wussten, ob es wirklich freundlich gemeint war oder es jene Freundlichkeit war, mit der einem gesagt wurde, dass sie einen nicht mochten.
„Guten Abend, Frau Rast", sagte Marco ebenso freundlich.
Marco und Claudia fühlten sich empfindlich gestört. Nun fiel Marco auch gleich wieder ein, warum sie es sonst so hartnäckig vermieden, sich vor ihrer Haustür zu verabschieden.
„Nein, Mutter, ich habe schon etwas gegessen."
„Gut, mein Kind."
Ihren desinteressierten Blick demonstrativ verstärkt, schloss Frau Rast wieder das Fenster.
„Ich hasse sie, wenn sie so ist", sagte Claudia.
„Ach, was soll's? Ich kann damit leben."
„Mach's gut!"
„Ich rufe dich morgen an."
Nach einem letzten Kuss ging sie ins Haus. Marco sah ihr noch kurz nach und bemerkte nicht, dass Frau Rast sich

ihre Nase an der Fensterscheibe platt drückte. Langsam schlenderte er zu seinem Wagen zurück.

Die Heimfahrten, die er hatte, nachdem er Claudia nach Hause gebracht hatte, empfand er als sehr einsam. In solchen Momenten ertappte er sich dabei, sich zu wünschen, dass sie sich doch dazu entschließen würde, zu ihm zu ziehen. Marco war jemand, der zwar gern seine Ruhe hatte, aber wirklich allein leben konnte er auf die Dauer nicht. Über ein Jahr bewohnte er nun seine Wohnung. Es war natürlich schön, eine eigene Wohnung zu haben und unabhängig zu sein. Was er nur nicht in diesem Maße erwartet hatte, war, dass er sich schon nach kurzer Zeit einsam fühlte. Die Menschen, die ihm jahrelang nur noch auf die Nerven gegangen waren, vermisste er.
Es mussten ganz bestimmt nicht dieselben Personen sein, mit denen er zusammenleben wollte, aber Claudia wünschte er sich. Das wusste er.

Die Fahrt nach Hause war an sich kein weiter Weg. Er wäre auch in weniger als einer halben Stunde zu schaffen gewesen. Er hatte es oft genug schon in dieser Zeit geschafft. Allerdings hatten ihn diverse Geschwindigkeitsübertretungen auf dieser Strecke schon finanzielle Einbußen eingebracht. Seitdem fuhr er genau nach Vorschrift.
Die Radiosender, die er in seinem Autoradio eingespeichert hatte, spielten nicht gerade das, was Marco hören wollte. Auf eine seiner sechs bis sieben Kassetten hatte er aber auch keine Lust. Er zog es daher vor, den Rest des Weges in bedächtiger Stille zurückzulegen. Das Geräusch des Motors nahm er nicht mehr wahr. Dazu hatte er den Wagen schon zu lange.

Sorgfältig ging er um seinen Wagen herum, um sicherzugehen, dass er auch überall geschlossen war. Einige Male noch drehte er sich um, als er auf den Hauseingang zuging. Der Wagen sah verlassen aus, fast einsam. Ähnlich so wie er in seiner Wohnung.

Lediglich aus Lustlosigkeit schaltete er den Fernseher noch einmal ein. Eigentlich war es schon Zeit für ihn, ins Bett zu gehen. Marco war kein Nachtmensch. Er war froh, friedlich um neun, spätestens gegen halb zehn ins Bett zu gehen. Er lag dann nicht mehr lange wach, sondern schlief fast immer sofort ein. Egal, ob es draußen noch hell war.

An diesem Abend wollte er aber noch nicht zu Bett. Er zog es vor, sich mit zufallenden Augen und einer Bierdose auf sein Sofa zu setzen und auf den Fernseher zu starren. „Starren" war in diesem Fall das richtige Wort. Er saß vor dem Fernseher, aber mitbekommen hatte er deswegen noch lange nichts. Dazu war er schon zu müde. Er war aber noch nicht zu müde, um sich einsam zu fühlen. Auch noch nicht, um sich seine Freundin herbeizusehnen. Aber es half nichts. Er war und er blieb an diesem Abend allein.

Irgendwann schlief Marco in seinen Gedanken auf dem Sofa ein. Der Fernseher lief weiter, bis das Testbild erschien. Und auch danach noch. Irgendwann in der Nacht wachte Marco auf und schaltete den Fernseher aus. Er fiel ins Bett, ohne noch zu wissen, dass er vor dem Fernseher eingeschlafen war.

Zwei

An jenem Abend, an dem Marco vor dem Fernseher einschlief, waren noch andere Personen unterwegs. Es waren Kai und seine Freundin Andrea, die auf einer Autobahnraststätte nahe Hamburg Halt machten. Mit ihren jeweils zwanzig Jahren waren sie zwar etwas jünger als Marco, gehörten aber dennoch zu der gleichen Generation. Jene Generation, die so rebellisch und manchmal auch so dickköpfig sein konnte. Aber sie war auch die einzige Generation, die ein jugendliches Feuer vorweisen konnte.

Kai und Andrea waren auf dem Rückweg von einem kurzen Urlaubstrip, den sie spontan gemacht hatten. Der Trip selber war das Schönste, was sie seit Monaten, vielleicht auch Jahren erlebt hatten. Trotzdem war ihre momentane Stimmung eher eisig. Der Hauptgrund dafür war sicherlich die Tatsache, dass sie sich sehr stark in der Zeit verschätzt hatten. Seit Stunden wollten sie schon, jeder bei sich, zu Hause sein. Sie wohnten beide noch bei ihren Eltern. Beide waren sie noch in der Ausbildung und hätten sich allein aus diesem Grund keine Wohnung leisten können. Hinzu kam, dass es ihnen noch zu unsicher war, in ihrem Alter schon zusammenzuziehen. Sicher, es mag dahingehend andere Meinungen und Ansichten gegeben haben. Aber Kai und Andrea waren eher vorsichtig.

Kai war ein unsicherer Typ. Er war seit Jahren von einer inneren Unruhe geplagt, deren Herkunft und Ursache er sich nicht erklären konnte. Es wurde auch dann nicht besser, als er drei Jahre zuvor Andrea kennen gelernt hatte. Sie war das erste Mädchen, mit dem er geschlafen hatte. Andrea erging es nicht anders. Sie war zwar nicht direkt unsicher, aber sie war labil. Sie hatte das Problem, dass sie sich zu sehr an andere Menschen klammerte.
Eigentlich lautete die Regel, dass sich Gegensätze anziehen. In diesem Fall war es aber nicht so. Sie hatten beide einen ähnlichen Stand im Leben. Vielleicht waren sie aber auch gerade deswegen so glücklich miteinander.

Der Ärger und die schlechte Laune, die Kai fast zerfraßen, waren möglicherweise übertrieben, aber keineswegs unecht. So sehr hatte er sich Mühe gegeben, seinen Zeitplan einzuhalten. Um so mehr störte es ihn, als Andrea nun unbedingt kurz vor ihrer Ankunft noch einmal auf Toilette wollte. Er hatte kein Verständnis dafür, und das zeigte er ihr deutlich.
Als sie wieder in den Wagen stieg, beachtete er sie nicht. Stur sah er aus dem Fenster und steigerte sich in seine schlechte Laune hinein. Wortlos ließ er den Wagen wieder an und fuhr wieder auf die Autobahn.
„Findest du nicht, dass du mit deiner schlechten Laune etwas übertreibst?", fragte Andrea leicht gereizt.
„Nein. Ich finde meine Laune im Gegenteil sogar noch angebracht", erwiderte Kai.
„Na ja. So lange du davon überzeugt bist."
Andrea empfand es als lächerlich, sich dermaßen über die Verspätung aufzuregen. Es war nun einmal geschehen und nicht mehr zu ändern.

Wenn es auch nicht viele Unterschiede zwischen Andrea und Kai gab, so war dieser doch einer der wenigen. Andrea nahm es hin, wenn etwas nicht so gelaufen war, wie sie es sich vorgestellt hatte. Sie ging dann nicht mehr weiter darauf ein. Lieber sah sie in die Zukunft und versuchte, es beim nächsten Mal besser zu machen.
Kai dagegen steigerte sich jedes Mal noch stundenlang hinein, wenn etwas nicht gelang. Zudem ließ er es die jeweils andere Person spüren. Auch wenn diese überhaupt keine Schuld hatte. Es war so eine kleine versteckte jähzornige Ader, die in Kai schlummerte und sich ab und zu ihren Weg an die Oberfläche bahnte. Andrea kannte es schon. Und in den meisten Fällen gelang es ihr auch, gut mit ihm umzugehen. Sie hatte kein Patentrezept und sie konnte auch nicht immer auf die gleiche Weise reagieren. Aber sie schaffte es immer wieder.

Nach und nach, die Sonne war schon weitestgehend untergegangen, tauchten am Horizont die ersten Lichter der Stadt auf. Es waren größtenteils die Lichter, die vom Hafen herüberschienen. Die erahnen ließen, wie weit sich die Kräne in den Himmel erhoben.
Es war immer wieder ein schöner Anblick. Jede Wiederkehr wurde zu einem besonderen Erlebnis. Auch wenn es nur die Lichter der Industrie, des Hafens, waren, die eigentlich keine Wärme ausstrahlen konnten. Aber irgendwie taten sie es doch. Sie wirkten beruhigend auf die Heimkehrer. Wie lange sie auch weg waren. Besucher sahen die Lichter nur als das, was sie waren: kalte Lichter, die es den Arbeitern ermöglichten, in der Nacht zu arbeiten. Aber für die, die hinter den Lichtern lebten, irgendwo in dieser Stadt, war es mehr.

Andrea und Kai saßen noch immer wortlos nebeneinander. Andrea spürte aber, dass sich seine Laune schon gebessert hatte. In dem Moment, wenn sie von der Autobahn abfahren würden, würde wieder alles in Ordnung sein, das wusste sie.

An jenem Sonntagabend war der Verkehr eher mäßig. Es war in diesem Moment nicht vorstellbar, dass der Elbtunnel jenes Nadelöhr war, als das er verschrieen war. Der Sonntag war aber auch ein normaler Sonntag. Weder begannen irgendwelche Ferien, noch gingen welche zu Ende. Es war nicht mal ein langes Wochenende gewesen, welches zu einem Kurztrip genutzt werden konnte. Es war ein schlichter, normaler Sonntag.

Andrea behielt Recht. Als sie von der Autobahn abfuhren, war seine Laune wieder gestiegen. Er schaltete sogar wieder das Radio ein, das er schon mehr als eine Stunde zuvor abgeschaltet hatte. Immer wenn er wütend war, schaltete er sein Radio aus. Seine eigene Begründung, die er aber noch nie jemanden erzählt hatte, war, dass er sich sonst nicht auf seine schlechte Laune konzentrieren konnte. Er pflegte seine gelegentliche schlechte Laune. Er war sich sicher, dass er auf diese Weise viel ruhiger durch das Leben gehen konnte.

„Ich schätze, wenn meine Eltern bemerken, dass wir wieder da sind, werden sie fragen, ob du nicht noch mit hereinkommen willst", meinte Andrea. „Kommst du dann noch mit rein?"
„Wahrscheinlich ...", sagte Kai zögerlich. Er war sich noch nicht sicher. Er wusste, würde er noch mit hineingehen, würde es wieder länger dauern. Denn Andreas Eltern liebten nichts mehr als die Reiseberichte

von anderen Leuten. Von der eigenen Tochter und ihrem Freund hörten sie die Geschichten besonders gerne.

Je näher sie ihnen kamen, um so mehr entschied er sich dafür, wirklich noch mit hineinzugehen. Einerseits freute er sich darüber, wieder in seiner geliebte Heimatstadt zu sein, und andererseits wollte er seine Freundin nicht so abrupt an diesem Abend verlassen. Auf die letzte halbe Stunde Schmusen wollte er doch nicht verzichten.
„Wir bleiben aber nicht zu lange bei ihnen sitzen. Ich möchte nachher noch etwas von dir allein haben", meinte er.
„Vorausgesetzt, mein Vater lässt dich überhaupt vom Thema abweichen. Schließlich gibt es keinen, der so penetrant nachfragen kann wie er."
„Vielleicht gibt er ja auf, wenn er merkt, dass wir nichts mehr zu erzählen haben."
„Hab' da bloß keine falschen Hoffnungen. Der bringt das fertig und legt dir seine Worte in den Mund. Dann haben wir hinterher Dinge getan, an die wir niemals auch nur gedacht haben könnten."

Als sie mit jeder Kreuzung dem Zuhause näher kamen, waren sie still. Beiden wurde warm ums Herz. Ihr mehr als ihm, aber gefühlt hatte er es auch. Es war einfach etwas Wunderbares, wieder nach Hause zu kommen. Auch wenn dort so penetrant neugierige Eltern darauf warteten, sie mit ihren Fragen auseinander zu nehmen.
Als sie in die Straße einbogen, konnten sie den Wagen von Andreas Eltern sehen, und sie konnten erkennen, dass im Wohnzimmer noch Licht brannte.
Ihre, wenn auch nur geringe, Hoffnung, dass die Eltern schon zu Bett gegangen waren, war zerstört. Ihre Eltern hatten für gewöhnlich die Angewohnheit, sonntags sehr

früh ins Bett zu gehen. Sie waren meist so sehr geschafft vom Nichtstun am Sonntag, dass sie den Abend nicht über einundzwanzig Uhr retten konnten. Dieses Mal schafften sie es bedauerlicherweise.

Die Motorhaube von Kais Wagen dampfte. Der Tau und die allgemeine Feuchtigkeit wollten sich gemütlich auf der Motorhaube niederlassen. Sie hatten aber nicht die geringste Chance. Mindestens eine halbe Stunde mussten sie sich noch gedulden. So lange sollte es etwa dauern, bis die Motorhaube abgekühlt war.

Kai und Andrea verschwanden im Hausflur, und auf der Straße zog die Stille wieder ihre Kreise. Nichts deutete in diesem Moment noch darauf hin, dass kurz zuvor ein Wagen in die Straße gebogen war und den letzten freien Parkplatz besetzt hatte. Nur die dampfende Feuchtigkeit auf der Motorhaube vermochte dies zu verraten.

Ihre Eltern bemerkten zunächst nichts, als Andrea die Wohnungstür öffnete und beide in die Wohnung kamen. Erst als sie Licht einschalteten, wurden die Eltern aufmerksam.
Wie lodernde Flammen brannte die Neugier in ihnen, und die Fernsehsendung hatte es nicht leicht, die beiden am Fernseher zu halten.
„Was ist denn mit deinen Eltern los? Die kommen ja gar nicht herausgestürmt."
„Das wundert mich auch. Aber lass uns lieber schnell hineingehen, bevor sie doch noch kommen. Vielleicht haben wir ja Glück, und wir kommen noch glimpflich davon."
„Hast du wirklich die Hoffnung?" Aus Kais Worten war eine böse Vorahnung zu spüren, von der sie nicht

wussten, ob sie sich bewahrheiten würde, obwohl sie fest damit rechneten. Kai stellte seine Taschen, die er mit in die Wohnung genommen hatte, in eine Ecke und atmete noch einmal tief durch.

„Na dann lass es uns hinter uns bringen."

„Warte, ich bin noch nicht so weit ...", forderte Andrea. Sie warf ihre Jacke über die Taschen und zog ihr Sweatshirt aus, sodass sie nur noch im T-Shirt dastand.

„Dann komme ich nicht so leicht ins Schwitzen", sagte sie und fuhr sich mit beiden Händen durch die Haare. „Auf in den Kampf!"

Als sie durch die Tür ins Wohnzimmer gingen, bewarfen sie sich fast gleichzeitig mit ihren Begrüßungsfloskeln.

„Hallo, da sind wir wieder...!"

„Hallo, da seid ihr ja wieder...!"

„... ja...ha...ha ..."

„... das ist ja schön ..."

„...Wir haben dich schon vermisst, Andrea ..."

„Ist das wahr ..."

„Kai, wie geht's dir? Du hast sie ja heil wieder nach Haus gebracht ..."

„Ja ..."

„Gut seht ihr aus, nicht wahr...?"

„Und braun geworden sind sie ..."

„Hattet ihr so gutes Wetter?"

„Ach ja ..., es ging."

„Setzt euch doch erst mal."

„Ja, danke ..."

„Ach nein, lieber nicht. Ich bin etwas müde ..."

„Stell dich nicht so an, Andrea. Wir wollen doch wissen, wie es euch gefallen hat."

„Ne, lass mal, ich bin wirklich ein bisschen kaputt."

„Nun lass die Kinder doch, wenn sie müde sind."

„Ist aber schön, dass ihr wieder da seit.“
„Ist auch schön, wieder da zu sein.“
„Ach, Mama, ...hat jemand für mich angerufen?“
„Barbara einmal. Wusste sie nicht, dass ihr wegfahrt?“
„Ne, macht aber nichts. Ich ruf sie an. Gute Nacht.“
„Gute Nacht ...“
„Gute Nacht ...“
„Gute Nacht, Kai. Bleibst du heute hier?“
„Nein, ich fahre nachher noch nach Hause.“
„Aha ...“

Fast automatisch widmeten Andreas Eltern sich wieder dem Fernsehfilm. Andrea und Kai schlossen die Wohnzimmertür und atmeten auf dem Flur tief durch.
„Das ging aber schnell. Deine Eltern sind wohl heute nicht so gut in Form.“
„Du wirst es nicht glauben, aber ich wundere mich selber.“
„Lass uns lieber nicht zu lange darüber wundern, sonst fragen sie doch noch nach.“

Erleichtert sammelten sie ihre Taschen wieder auf und gingen in Andreas Zimmer.
„Die hätten hier ruhig einmal lüften können ...“, meinte Andrea.
Kai zuckte mit den Schultern und schloss die Tür. Damit waren sie ihren Eltern endgültig entronnen. Sobald die Tür zu ihrem Zimmer geschlossen war, wagten sie sich nicht mehr hinein. Schon sehr frühzeitig hatte Andrea es ihren Eltern anerzogen.
„... und die Blumen wurden auch nicht ein einziges Mal gegossen ...“
Wütend riss sie ein Fenster auf.

„Hey, ...du wirst doch wohl jetzt keine schlechte Laune bekommen. Schon gar nicht, wo du sie mir gerade ausgetrieben hast.“

„Nein, nein. Aber es ist doch Scheiße, dass die nicht ein einziges Mal mitdenken können.“

„Alle Eltern haben da so ihre Makel ...“

Einige von den Sachen, die Andrea eingepackt hatte, hatte sie nicht gebraucht. Sie kniete vor ihren Taschen und begann, die Sachen auszusortieren. Nur die Stücke, die unbedingt noch einmal gebügelt werden mussten, legte sie auf einen extra Haufen. Alles andere verteilte sie wieder in ihre Schränke oder stopfte es in den Wäschekorb.

Kai hatte sich unterdessen auf ihr Bett gesetzt und beobachtete sie gewissenhaft. Er beobachtete sie gerne. Zumal sie sich gut beobachten ließ. Sie bemerkte so etwas nicht. Sobald sie mit irgendeiner Sache begonnen hatte, war sie auch in die Sache vertieft. Um sich herum bemerkte sie dann nichts mehr.

„Man könnte meinen, ich hätte die Tage fast nichts angezogen. So viel ist noch sauber geblieben.“, meinte Andrea, ohne irgendeine Reaktion zu erwarten.

„Du musst morgen doch wieder in deinen Verein oder?“, fragte Kai.

„Ja ...“

„Hm, hast du Lust, am Dienstag auf den Dom zu gehen?“

„Wieso gerade am Dienstag?“

„Mittwoch ist mir das bei dem guten Wetter, das wir haben, zu voll und am Freitag kann ich nicht.“

Andrea überlegte.

„Doch, sicher ... ich habe Lust. Wir waren ja auch schon ziemlich lange nicht mehr da.“

Der Abend war gelaufen. Schnell waren beide von Müdigkeit überwältigt. Kai sah Andrea noch einige Zeit dabei zu, wie sie in ihrem Zimmer herumwirbelte und klarstellte, dass sie wieder da war. Sie begoss ihre Blumen mit Wasser, nachdem sie so lange gedürstet hatten, und im Schnellverfahren wischte sie den Staub von den Flächen. Sie war schlicht wieder da.

Als Kai wenig später ging, fiel der Abschied nicht sehr groß aus. Kai hatte es am Ende dann doch eilig, in sein eigenes Bett zu kommen. Außerdem musste er noch damit rechnen, dass seine Eltern darauf warteten, von ihm einen Bericht über seine Urlaubstage zu hören. Andreas Eltern waren kurz nach Erscheinen der beiden in ihr Schlafzimmer verschwunden. Sie hatten tatsächlich nur noch vor dem Fernseher gesessen, um mitzubekommen, wann ihre Tochter nach Hause kam. Um so verwunderlicher war es, dass sie nicht weiter nachgefragt hatten, wie der Urlaub denn nun gewesen war. Es war das erste Mal, dass sie es nicht getan hatten. Ihre Eltern schienen sich endlich damit abgefunden zu haben, dass Andrea ihre eigene Privatsphäre hatte. Wie auch immer sie damit zurechtkamen, sie hielten sich daran. Andrea empfand diese Wandlung ihrer Eltern als sehr befreiend, auch wenn es für sie sehr ungewohnt war. Manchmal ertappte sie sich dabei, von alleine Dinge zu erzählen, da sie noch vor nicht allzu langer Zeit auf keinen Fall davongekommen wäre. Vielleicht lag die ewige Fragerei ihrer Eltern daran, dass sie so unwahrscheinlich besorgt um sie waren. Sie war das Nesthäkchen in der Familie.

Andrea hatte noch einen älteren Bruder, der, Ende zwanzig, schon seit einigen Jahren nicht mehr zu Hause wohnte. Er war einige Jahre überhaupt nicht in der Stadt gewesen. Er hatte in Süddeutschland ein Studium begonnen, welches er aber nach anderthalb Jahren wieder abgebrochen hatte. Anschließend war er nach Hamburg zurückgekehrt.

Nicht nur dadurch, dass er lange nicht in der Nähe war, sondern auch aus anderen Gründen sah sie ihn nicht mehr ganz so häufig. Eigentlich nur zu den üblichen Familienfeiern, wie Geburtstag oder Ähnlichem. Trotzdem hatte sie zu ihrem Bruder Michael ein besonderes Verhältnis. Sie waren nie die Art Geschwister gewesen, die sich aus Neid bekriegt hatten.

Was Andrea anging, war Michael immer auf dem Laufenden. Immer hatte er ein wachsames Auge auf sie, auch während seiner Abwesenheit. Er hatte schon ziemlich früh als Einziger bemerkt, dass seine Schwester labil und verletzlich war.

Als Kai einige Zeit später bei sich zu Hause ankam, hatte er Glück. Es war seinen Eltern schon zu spät geworden. Sie hatten das Licht bereits überall gelöscht. Daraus konnte er, noch bevor er in die Wohnung trat, schließen, dass sie nicht mehr wach geblieben waren, um ihn zu empfangen. Nur noch das dumpfe Licht einer Nachttischlampe, das durch den schmalen Spalt unter der Schlafzimmertür hindurchschien, sah er, als er durch den Wohnungsflur in sein Zimmer ging.

Kais Eltern hatten zu vielen Dingen eine großzügige Einstellung. Kai war ihr einziges Kind, und sie umsorgten ihn gern. Der Vater etwas weniger als die Mutter, aber wofür ist das schon wichtig. Kai konnte weitestgehend selbst entscheiden, was er tun wollte. Und was immer er tat, konnte er für sich behalten. Sie zwangen ihn nicht, etwas zu erzählen, wenn er es nicht wollte.

Es war allerdings auch nicht so, dass sie ihn nur verwöhnt hatten und sonst nichts mit ihm zu tun haben wollten. Sie ließen ihm einfach nur von Anfang an seine eigene Privatsphäre.

Nachdem Kai seine Sachen auch sortiert und sein Bett vorbereitet hatte, um am Ende einfach nur noch hineinzuspringen zu brauchen, setzte er sich noch vor seine nicht unbescheidene Auswahl an CD's.

Den Kopfhörer schon um den Hals gelegt, suchte er eine CD heraus, die er noch hören wollte. Während er die Titel auf der Rückseite prüfte, klopfte es an der Tür. Seine Mutter öffnete zaghaft die Tür und kam in ihrem Bademantel, den sie schon mindestens seit seiner Einschulung besaß, in sein Zimmer.

„D bist du ja wieder. Darf ich kurz reinkommen?"

Kai nickte und legte seine CD ein.

Die Tatsache, dass sie den Bademantel schon so lange besaß, war ein Beleg dafür, dass sie sich seit langer Zeit nicht verändert hatte.

„War's denn gut?"

„Hmm ...ja ...", Kai nickte zaghaft, aber zufrieden.

„Habt ihr irgendwas Besonderes gemacht?"

„Nein, eigentlich nicht."

Seine Mutter setzte sich auf sein Bett und saß damit praktisch neben ihm. Zärtlich strich sie ihm durchs Haar. Er war zwanzig. Seit zwei Jahren schon volljährig, und sie strich ihm noch immer durch sein Haar.

„Ich find es schön, dass du wieder da bist."

„Ach, Mutter, ich war doch nur knapp eine Woche weg."
„Immerhin ..."
Sie stand wieder auf und ging zurück zur Tür. Bevor sie die Tür schloss, sah sie ihn noch einmal mit einem Lächeln an.
„Schlaf gut ..."
„Ja sicher. Du auch."
Als sie dann die Tür schloss, setzte er sich seinen Kopfhörer auf und startete die Musik. Es war eine jener Lautstärken, die bei älteren Leuten ohne weiteres einen Hörsturz verursachen konnte. Doch er liebte es so. Erst so konnte er die Musik wirklich genießen. Erst so konnte sie richtig ihre Wirkung entfalten, und erst bei dieser Lautstärke war es ihm möglich, mit Hilfe der Musik über einige Dinge nachzudenken oder von den vergangenen schönen Tagen zu träumen.
Sicher, er war eigentlich glücklich. Aber eines konnte er die ganzen letzten Jahre schon nicht abstellen. Und es gelang ihm auch an diesem Abend seiner Rückkehr nicht: Er konnte die gewisse Spannung nicht ablegen. Diese Unruhe, die ihn erfüllte. Die sich so auswirkte, als würde er noch auf der Suche nach irgendwas sein, ohne aber zu wissen, wonach.

Er hatte bislang niemandem davon erzählt. Seinen Eltern sowieso nicht. Er war keines von den Kindern, die ihren Eltern etwas freiwillig erzählten. Auch seiner Freundin - übrigens war Andrea seine erste und bisher einzige Freundin - hatte er noch nichts über seine Unruhe gesagt. Mit seinem besten Freund konnte er auch nicht reden. Genaugenommen hatte er überhaupt keinen besten Freund. Er hatte eigentlich niemanden. Außer Andrea.
Aber worüber hätte er auch reden sollen? Er wusste nicht einmal, was ihn so verunsicherte. Große Schwierigkeiten

bereitete es ihm aber auch nicht. Er versuchte, damit zu leben.

Kai blieb am längsten von allen auf. Über das Musikhören vergaß er die Zeit. Das tat er immer. Es war auch zu schön, noch bis spät in die Nacht Musik zu hören.
Sämtliche Eltern waren schon im Bett. Andreas und auch seine. Auch Andrea schlief schon lange, während er noch nicht einmal daran dachte, mit dem Musikhören für diesen Abend aufzuhören. Sie alle waren aber nicht die Einzigen, die schon schliefen. Als Kai noch Musik hörte, schliefen noch andere. Es schliefen andere, die keiner von ihnen kannte. Andere, die auch Kai nicht kannte. Sie wohnten in derselben Stadt, und die Stadtteile, in denen sie wohnten, waren auch nicht so weit von einander entfernt.
Aber so war es häufig. Da lebten Menschen eigentlich so dicht beieinander, und sie kannten sich nicht einmal.
Und die da sonst noch schliefen, waren solche Leute. Die da noch schliefen, waren Marco und Claudia.

Drei

Am schlimmsten waren immer jene Tage, an denen eigentlich gar nichts geschah. Der folgende Tag war deren einer.
Ein langweiliger Tag. Ein Montag. Wie konnte ein Montag auch interessant sein? Die Leute gingen wieder zur Arbeit, und die Kinder gingen wieder zur Schule. Und an einem Montag im Mai gab es nicht allzu viele Leute, die Urlaub hatten. Außer Marco.

Marco schlief an diesem Tag wieder recht lange. Aber wen störte das? Marco jedenfalls nicht. Für ihn hatte Urlaub die Funktion, ihn sich von der Arbeit erholen zu lassen. Und das hieß für ihn lange schlafen. Und faulenzen. Ihm war nicht danach, nun unbedingt durch ferne Länder zu reisen, um alle möglichen Sehenswürdigkeiten zu begutachten.
Schon als Kind widerten ihn die Urlaubsreisen mit seinen Eltern an. In den seltensten Fällen hatten sie ihm doch noch etwas Positives gebracht. Es blieb hier und da vielleicht eine Freundschaft nach, von denen aber nach ein paar Jahren mindestens die Hälfte wieder eingeschlafen war.
Wenn er es hoch rechnete, war am Ende noch eine Freundschaft übrig geblieben. Und jenen, den er damals kennen gelernt hatte, Stefan, hat er schon seit fast vier

Jahren nicht mehr gesehen. Es waren eigentlich nur noch die Briefe, die beide verbanden.

Eine andere jener Reisen hatte ihm seine erste flüchtige Bekanntschaft, vielleicht Liebe gebracht. Zu der Zeit, er war etwa zwölf, hatte er seine erste angehende Freundin in seiner Schulklasse. Und diese erste flüchtige Bekanntschaft war damit auch sein erstes Fremdgehen. Wenn es dann schon so zu bezeichnen war.

Jedenfalls konnte sie, so meinte er, gut küssen. Er stützte seine Überzeugung auf seine bis dahin wenigen Erfahrungen.

Aber was bedeuten schon die schönsten Urlaubserinnerungen, wenn man an den Urlaub an sich keine guten Erinnerungen hat.

Als Marco dann endgültig aufgestanden war, war die Mittagszeit längst vorüber. Er flegelte sich auf die Couch vor den Fernseher und schaltete die Programme durch, er las die Tageszeitung seines Nachbarn, die der Zeitungsbote wie üblich vor dessen Tür gelegt hatte und die Marco sich für etwa eine Stunde ausgeliehen hatte. Würde der Nachbar sie eben eine Stunde später bekommen.

Kai fieberte schon dem Feierabend entgegen. Die Mittagspause war vorüber, und die Zeit am Nachmittag verging ohnehin schneller als die Zeit am Vormittag. Er mochte seine Arbeit. Er mochte auch die Firma, in der er seine Ausbildung machte, und die Kollegen. Aber wer arbeitet schon gern bei strahlend schönem Wetter? Lieber wollte er schwimmen gehen. Aber nicht erst nach der Arbeit, wie er es geplant hatte, sondern den ganzen schönen Tag. Aber dank seiner Arbeit musste er sich mit dem Feierabendschwimmen abfinden.

„Kai, du träumst schon wieder ...", sagte einer seiner Kollegen, als er ihn abwesend in die Ferne sehen sah. Erst reagierte Kai gar nicht.
„Was ...?"
„Siehst du, was hab ich gesagt ..."
„Ach was, ich hab nicht geträumt. Ich hab mich ausgeruht."
„Ausgeruht? Wovon denn? Du bist seit einem Monat in der Buchhaltung, da brauchst du dich von nichts auszuruhen."
„Sieh das doch nicht gleich wieder so verbissen."
„Ach ja ... die Jugend. Ist nichts mehr los mit euch", sagte der Kollege mit einem ironischen Unterton und ging aus dem Zimmer. Er meinte es nicht ernst. Wie konnte er auch? Schließlich war er selber gerade mal drei Jahre älter und hatte selbst erst vor zwei Jahren seine Ausbildung abgeschlossen. Es war also gar nicht so lange her, da musste er sich selber noch die gleichen Worte anhören.

Der näher rückende Feierabend war ersehnt. Kai hatte außer Schwimmengehen an diesem Abend nichts weiter vor, aber er mochte einfach den Montag als Arbeitstag nicht. Er empfand keinen weiteren Tag als derart schlimm.

Als Andrea Feierabend hatte - etwa zur gleichen Zeit wie Kai - hatte sie gerade noch so viel Zeit, um zu sich nach Hause zu fahren und ihre Sachen für ihren Verein zu packen.

Wäre jemals irgendjemand auf die Idee gekommen, Kai zu fragen, in was für einen Verein seine Freundin gehen würde, hätte er eine wirkliche Überraschung erlebt. Kai wusste es nicht. Er hatte sich nie dafür interessiert. Er hatte nie danach gefragt, und wenn sie es ihm einmal bei einem Gespräch erzählt hatte, hatte er es bald danach wieder vergessen. Er wusste, sie ging in einen Verein. Er wusste auch, wann Andrea ihre Trainingstermine hatte, aber die Sportart konnte er sich einfach nicht merken. Immer wieder brachte er sie mit einer anderen durcheinander.

Andrea spielte Handball. Als sich zu Beginn ihrer Ausbildung die Frage stellte, ob sie aus Zeitgründen den Verein nicht wegfallen lassen sollte, überlegte sie lange. Wenn sie in die Zeit der Prüfungen kommen würde, brauchte sie sicherlich die Zeit zum Üben, und sie wusste anfangs schließlich auch nicht, wie viel Zeit die Ausbildung außerhalb ihrer Arbeitszeit in Anspruch nehmen würde.
Sie entschloss sich dann aber doch dafür, den Verein beizubehalten, weil er sich in der Woche auf nur einen Trainingstermin beschränkte.

„Wie war's denn", fragte Birgit. „Erzähl doch mal ..."
Sie waren gerade in den Umkleideräumen und zogen sich nach dem Sport wieder um.
„Mein Gott, wir waren im Urlaub. Wie soll es schon gewesen sein?"
„Na, hat er sich wenigstens was Besonderes ausgedacht?"
„Was meinst du mit ‚ausgedacht'?"
Andrea hatte ernsthafte Schwierigkeiten, die Fragen von Birgit zu verstehen. Birgit kam ihrerseits mit den Antworten nicht klar.

„Hat er dich zum Beispiel ... na ja ... vielleicht in ein feines Restaurant eingeladen? Oder hast du einen neuen Ring?"
„Er hat sich den Urlaub ausgedacht. Schließlich wollten wir anfangs nicht wegfahren."
Überrascht sah Birgit Andrea an.
„Das ist ja nicht viel ..."
„Was erwartest du eigentlich? Kai ist auch erst in der Ausbildung und auch erst so alt wie ich. Das weißt du doch! Es hat nicht jede so einen reichen Freund wie du."
„Ralf hat es eben schon zu was gebracht. Und er schämt sich dessen nicht und ich mich auch nicht."
„Das kann ich mir denken ...". Andrea wurde langsam wütend. Sie konnte das ewige Geprahle von Birgit nicht mehr hören.
„Außerdem ist es auch kein Wunder, dass es dein Ralf schon zu etwas gebracht hat. Schließlich ist er ja schon ... wie alt? Einund..."
„Einunddreißig ..."
„Einunddreißig ... siehst du ... Wenn er in dem Alter nichts erreicht hätte, wäre es ja auch traurig. Aber ich kann mit solchen alten Leuten eben nichts anfangen! Meine Freunde dürfen höchstens so alt sein wie ich, und da mache ich dann gerne ein paar Abstriche."
Andrea stopfte ihre Sachen in ihre Sporttasche und ging, ohne sich weiter zu verabschieden. Birgit ließ sie in ihrer Verwunderung zurück. Die hatte noch gar nicht ganz mitbekommen, wie Andrea über ihre meist zehn Jahre älteren Bekanntschaften dachte.

Einen weiten Rückweg hatte Andrea nicht. Daher machte es ihr nichts aus, den Weg zum Verein und zurück zu Fuß zu erledigen. Sie hatte ihre Sporttasche über die Schulter geworfen und ging schnellen Schrittes nach Hause.

Es war bereits dunkel, und begleitet wurde sie auf ihrem Weg nur von einem lauen Abendwind.

Als Birgit aus dem Vereinshaus kam, sah sie sich noch um, ob sie Andrea noch irgendwo sehen konnte. Für den Fall hatte sie dann noch vorgehabt, ihr hinterherzulaufen und sie zu fragen, wie sie ihre Äußerung über Ralf gemeint hatte. Da sie Andrea aber nirgends mehr entdeckte, ließ sie von ihrem Vorhaben ab und ging unverrichteter Dinge nach Hause. Sie hatte tatsächlich nicht verstanden, wie Andrea es gemeint hatte.

Andrea war beinahe zu Hause, als Birgit gerade losging. Sie dachte schon gar nicht mehr daran, worüber sie mit Birgit geredet hatte. Birgit war eigentlich nicht wirklich ihre Freundin. Genaugenommen waren sie nur Spielerinnen im selben Verein und meistens in derselben Mannschaft. Dennoch redeten sie des Öfteren über ihre Bekanntschaften. Jedenfalls Birgit redete, und sie befragte Andrea auch über ihre. Andrea war es eher lästig. Zumal Birgit eine ganz schöne Klette sein konnte. Aber was machte es schon? Mehr hatte sie mit Birgit glücklicherweise nicht zu tun.

Es war halb zwei, und Andrea war schon längst zu Hause, als Claudia ihrerseits nach Hause kam. Sie öffnete die Wohnungstür und war, obwohl sie sich bemühte, leise zu sein, ungewohnt laut. Nicht nur aufgeschreckt von der Lautstärke, sondern auch beunruhigt durch die Uhrzeit, stand ihre Mutter in der Schlafzimmertür, als Claudia das Licht einschaltete.
„Es ist recht spät." Die Stimme ihrer Mutter klang vorwurfsvoll.
„Bitte...?"

„Ich sagte, es ist recht spät."

„Also komm, du willst mir doch wohl jetzt nicht noch Vorhaltungen machen, oder?"

„Ich sagte ja auch nur, dass es spät ist."

„Ja, na und? Ich bin einundzwanzig!"

„Aha ... Aber vielleicht erinnerst du dich, dass wir abgemacht haben, dass du Bescheid gibst. Und bisher hast du dich eigentlich dran gehalten."

„Heute eben nicht."

„Also hör mal, ich bin deine Mutter!"

„Ich hab jetzt wirklich keine Lust, mit dir darüber zu diskutieren, Ma!"

Claudia warf ihre Tür zu, und ihre Mutter blieb allein im Flur der Wohnung zurück. So sehr sie es auch wollte, sie wusste, sie würde nie den Grund der späten Heimkehr ihrer Tochter erfahren. Sie löschte das Licht und ging wieder zu Bett.

Ein vor Normalität strotzender Tag war zu Ende gegangen. Ein Tag, geprägt von Arbeit, schönem Wetter, Schwimmen, Urlaub und Streit. Ein Tag, wie er normaler nicht hätte sein können.

Vier

Verliebt schoben Marco und Claudia sich gegenseitig ihre Bratwürste in den Mund. Sie lachten dabei, und der Senf tropfte zu Boden. Gleich die erste Wurstbude auf dem DOM, wenn sie den Eingang "Feldstraße" benutzten, hatten sie ausgewählt, um zu naschen.
Die Musik war laut, und die bunten Lichter strahlten mühsam in den noch hellen Himmel. An diesem frühen Dienstagabend waren doch mehr Leute gekommen als erwartet. Das gute Wetter wirkte sich sofort aus. Der schmale Schlauch zwischen den Buden war mit Menschen überfüllt, und vor den Buden waren große Menschentrauben.
Der Duft von gebrannten Mandeln und Bratwürsten vermischte sich mit den Gerüchen von eingestaubten Gewinnen und sauren Gurken.

Kaum hatten sie aufgegessen, standen sie schon bei den fliegenden Händlern. Sie waren schon immer Claudias Schicksal gewesen. Mal war es ein Schal, der ihr gefiel, und mal war es eine Hose. Sie hatte schon Baseball-Mützen für Marco gekauft oder im Winter eine dazu passende Baseball-Jacke. Sie kaufte immer irgendetwas. Und sei es nur Schmuck - Modeschmuck selbstverständlich.

Als sie noch klein war und mit ihren Eltern auf den DOM gegangen war, hatte sie sich bei den fliegenden Händlern noch Dinge gekauft wie Spiegel mit aufgedruckten Portraits von Elvis oder ähnlichen Schnickschnack.

„Die kaufst du dir!", forderte Marco und wedelte mit einer Leggins vor ihrer Nase umher. Sie war in verschiedenen Farben kariert und hatte zusätzlich einige Punkte auf den Beinen. Aber Marco fand sie toll.
„Du spinnst wohl!", sagte Claudia empört und wandte sich wieder ab.
„Warum nicht? Die sieht doch gut aus."
„Mir gefällt sie aber nicht."
„Du brauchst sie ja nicht auf der Straße anzuziehen, wenn du nicht willst. Aber trag sie mir zuliebe."
„Auch nicht dir zuliebe. Hast du dir überhaupt mal die Farben angesehen? Das ist ja furchtbar."
Marco sah sich die Leggins noch einmal an. Diesmal aber genauer.
„Ich werde die hier nehmen ...", sagte Claudia und streckte dem Händler ein paar Ohrringe entgegen.
„Die kosten fünfunddreißig Mark", sagte der Südländer.
„Von wegen ... fünfzehn!"
„Zu wenig ... dreißig!"
„Überlege es dir ... zwanzig!"
„Sagen wir - die Mitte: fünfundzwanzig, O.K.?"
„O.K."

Marco hatte die Leggins wieder in die Reihe zu den anderen gehängt.
„Was willst du denn mit den Klunkern?"
„Ich finde sie gut."
Claudia gab dem Verkäufer das passende Geld und verstaute ihre Ohrringe in einer ihrer Taschen.

„Hast du diesmal nichts gefunden?", fragte sie.

„Doch ..."

„Für dich, meine ich!"

„Nein, diesmal nicht."

„Na dann lass uns weitergehen." Claudia hatte schon bemerkt, dass es Marco ernst gemeint hatte mit der Leggins. Genau das hatte sie ihm auch übel genommen. Sie konnte diese Art Kleidung auf den Tod nicht ertragen, und Marco wusste es. Er versuchte aber, ihre Meinung zu missachten und seine eigene Meinung durchzusetzen.

In unregelmäßigen Abständen versuchte er es immer wieder einmal. Er hatte bei Claudia allerdings nie Erfolg damit.

Auch dieses Mal musste er sich eingestehen, dass er keinen Erfolg hatte.

Er blieb allein an dem Stand zurück und sah ihr etwas ärgerlich nach. Schließlich sah er aber ein, dass es falsch war.

Claudia hatte sich schon gefragt, wo Marco geblieben war, als er sie von hinten packte und sich mit einem Liebesapfel bei ihr entschuldigte.

„Tut mir leid wegen eben."

Claudia sah ihn an und konnte sich nur mit Mühe ein Lächeln verkneifen.

„Das sollte es auch!"

Arm in Arm schlenderten sie weiter, bis wieder eine der Attraktionen ihre Aufmerksamkeit auf sich zog. Es war nicht eines jener atemberaubenden neuen Fahrgeräten die einen in immer noch höhere Weiten schleuderten. Es war eines jener Fahrgeschäfte, die schon Jahre, wenn nicht sogar Jahrzehnte, immer wieder aufs Neue eine gewisse

Schar an Menschen anzogen. Ein Fahrgerät, das einfach nur durch Schnelligkeit und einfachen Auf- und Abbewegungen Eindruck machte und sich noch immer höchster Beliebtheit erfreute.

„Lass uns hiermit fahren“, sagte Marco.
Claudia kaute geschäftig auf ihrem Liebesapfel herum.
Marco stürzte auf das Kassenhäuschen zu, ohne noch auf ihre Reaktion zu warten.
„Nun warte doch erst mal ... mein Liebesapfel ...“
„Ich kaufe dir nachher einen neuen ...“, hörte Claudia aus der Menge und erkannte nur an der Stimme, dass es Marco gesagt hatte.
„So ein Blödsinn ...“, murmelte sie. „... den esse ich auf, und wenn er sich auf den Kopf stellt.“

Für einen Dienstagabend war der DOM gut mit Menschen gefüllt. Es war zwar nicht so, dass man erdrückt wurde, aber die Schausteller konnten zufrieden sein.
So war auch an diesem Fahrgeschäft Glück und eine schnelle Reaktion nötig, um wirklich sofort eine Gondel zu bekommen.
An einem Wochentag, sollte man annehmen, wäre so etwas nur an brandneuen Fahrgeschäften der Fall, aber man sollte sich wundern.

Das Karussell lief gerade auf Hochtouren, und die Frau, die am Mikro saß, sprach gerade etwas zu den begeisterten Fahrgästen. Was sie sagte, war von einer Unmenge technischer Spielereien verzerrt, sodass es unmöglich zu verstehen war.

Während Marco am Kassenhäuschen die Chips besorgte, ging Claudia an den hinteren Teil des Karussells, wo noch nicht allzu viele Leute warteten. Weiter hinten waren immer bessere Chancen, noch eine Gondel zu bekommen.
Die Musik dröhnte, und die Lasereffekte blitzten durch die langsam durchbrechende Dunkelheit des Abends. Die überdurchschnittlich langen Haare einer Frau neben ihr wurden von den orkanartigen Luftwirbeln, die durch die umhergeschleuderten Gondeln entstanden, aufgewirbelt.
Claudia sah Marco mit den Chips in der Hand winkend auf sie zugehen und warf daraufhin den kleinen Rest ihres Liebesapfels in eine nicht beachtete Ecke.
„Hier, bitte ..." Marco wollte Claudia ihre Chips geben.
„Nein, mach du das diesmal", lehnte Claudia ab.

Immer wieder drehten die Gondeln in rasender Geschwindigkeit ihre Runden. Die Fahrgäste johlten, die Musik dröhnte und die Lichter flackerten mehr oder weniger im Rhythmus zur Musik.
Allmählich verlangsamte sich die Fahrt der Gondeln. Die umstehenden Leute gingen auf die sich noch immer drehenden Gondeln zu. Auch Marco und Claudia taten dies. Sie hatten sich schon eine Gondel ausgesucht, die sie gerne besteigen wollten. Vorsorglich sah Marco sich um, ob er noch andere entdeckte, die es eventuell auf dieselbe Gondel abgesehen hatten.
„Steig gleich ein ...", sagte er zu Claudia, „... die wollen die Gondel wohl auch haben."
Er hatte ein Pärchen entdeckt, das ebenso zielstrebig auf dieselbe Gondel zuging, wie sie es taten.
Es waren Kai und Andrea.

Die Gondeln hielten an. Plötzlich lief alles an Marco vorbei. Weiterhin sah er Kai und Andrea an, obwohl sie sich mittlerweile der Nebengondel zugewandt hatten. Die Fahrgäste entstiegen begeistert den von Menschen umlagerten Gondeln. Claudia hatte die ausgewählte Gondel fest in Beschlag genommen und war bereit, sie bis auf die Zähne zu verteidigen.

Kai bemerkte, wie Marco ihn und Andrea immer noch ansah. Verunsichert blickte er zurück, als wollte er sagen: „Wir nehmen euch schon nicht die Gondel weg." Aber das war es nicht alleine. Er spürte noch etwas anderes. Als er Andrea als Erste die Gondel besteigen ließ, kam ihm alles wie in Zeitlupe vor. Er hielt sie am Arm, damit sie auf der wackeligen Gondel nicht den Halt verlor, aber er konnte nicht spüren, wie er sie anfasste. Stattdessen sah er zur Nachbargondel, in die sich gerade Claudia hineinplumpsen ließ und Marco dazustieg.

Der Hinweis zur Weiterfahrt ertönte aus dem Lautsprecher und erlöste sowohl Marco als auch Kai aus ihrer Trance. Kai bestieg die Gondel und verlor auf diese Weise den Blickkontakt zur Nebengondel.

Claudia hakte Marco begeistert ein und kuschelte sich an ihn, während die Fahrt einsetzte.

„Es geht los ...", jubelte sie.

„Ja ...", erwiderte Marco abwesend.

Flackernde Lichter, kreischende Lautsprecher. Und irgendwo dazwischen huschten die Gondel umher. Claudia kreischte vor Begeisterung und sah sich um. Sie wollte die Begeisterung der anderen Mitfahrer in den anderen Gondeln mitbekommen.

Marco konnte ihre Begeisterung nicht teilen. Es war zwar auch eines seiner liebsten Fahrgeschäfte, aber in diesem Moment wollte er eigentlich nur diesen Rummel verlassen. Viele der anderen Fahrgäste konnte Claudia auf die Schnelle nicht sichten.

„Sieh mal ...“, stieß sie Marco an, „... die da drüben: Sie schreit und gröhlt und er langweilt sich zu Tode.“

Marco sah sich die Gondel an, auf die Claudia deutete. Sie meinte Andrea und Kai. Er sah sich ebenfalls die Beiden an. Und gerade, als die Gondeln sich wieder von einander entfernten, sahen sich Kai und Marco wieder in die Augen. Nur für den Bruchteil einer Sekunde.

Andrea hatte gleich für zwei Fahrten Chips gekauft und während die anderen Gondeln neu besetzt wurden, freute sie sich schon auf die nächste Fahrt.

„Wir hätten eigentlich noch mehr Chips kaufen können“, begeisterte sie sich.

„Lieber nicht ...“, sagte Kai, „das ist mir heute zu anstrengend.“

Wieder spürten Kai und Marco diese Trägheit, diese verzerrte Wahrnehmung. Sie hatten beide ihre Freundin im Arm. Kai in der Gondel und Marco beim Verlassen des Karussells. Sie dachten aber nur an eines. Sie dachten nur daran, sich tief in die Augen zu sehen. Und genau das taten sie, als sie sich wieder von einander entfernten.

Das Karussell setzte zur nächsten Fahrt an. Die Fahrgeschäftsleiter begannen sich die Hände zu reiben. Die Besucherzahl auf den DOM stieg unaufhörlich an. Das bedeutete auch, dass sie sich nicht zu viel Zeit zwischen den Fahrten lassen konnten, sonst würden zu lange Warteschlangen entstehen.

Claudia steuerte zielstrebig eine der zahlreichen Fressbuden an.

„Hast du Lust auf ein Bier?", fragte sie.

„Sicher ...", sagte Marco.

„Dann lass uns gleich hier reingehen. Ich habe nämlich ziemlichen Durst."

„Den habe ich auch ...", sagte Marco leise und versuchte einige Male ruhig durchzuatmen. Ihm steckte noch die Begegnung mit Kai und Andrea in den Knochen und, er wusste noch nicht, warum ihm diese Begegnung nun so zu schaffen machte. Eigentlich machte sie ihm nicht unbedingt zu schaffen, aber sie beunruhigte ihn auf eine ganz seltsame Art und Weise. Er konnte sich nur momentan nicht vorstellen, warum das so war. So nach und nach fasste er aber den Entschluss, dieser Unruhe auf den Grund zu gehen. Auch wenn er noch nicht recht wusste, wie er das anstellen sollte.

Der Duft von Bratwurst und Giros oder den Bratkartoffeln, der sie umgab, schaffte es nicht, sie dazu zu verleiten, irgend ein Gericht zu bestellen. Die beiden Biere, die Claudia bestellte, langten ihnen vollkommen.
Alle paar Minuten blickte eine der Bedienungen zu ihrem Tisch herüber, wie sie es bei allen Tischen tat. Sie war dafür zuständig, dass die Tische immer frei waren und nicht noch altes Geschirr oder Gläser herumstanden.
Marco und Claudia nippten nur an ihren Bieren. Claudia, weil sie es immer so tat, und Marco, weil er versuchte, die Begegnung erst einmal aus seinem Kopf zu bekommen.

Kai und Andrea befanden sich bereits auf dem Weg zu einem der vielen Ausgänge.

„Ich finde es schade, dass du keine Lust mehr hast", sagte Andrea enttäuscht.

„Na ja, der DOM ist ja noch zwei Wochen", erwiderte Kai. „Wir waren ja nicht das letzte Mal hier."

Kurz sah er sich um, und als er die Bude gefunden hatte, die er suchte, steuerte er zielstrebig auf sie zu.

„Warte bitte mal hier", sagte er.

Damit Andrea nicht ganz so enttäuscht war, kaufte Kai ihr noch eines jener Lebkuchenherzen. Aber wenn er ehrlich war, tat er es auch ein wenig aus schlechtem Gewissen. Denn er dachte nicht an sie, als er sie im Arm hatte. Er dachte auch nicht an sie, als er das Herz kaufte. Und dass er keine Lust mehr hatte, war auch nicht der Grund, warum er unbedingt vom DOM herunter wollte. Jedenfalls nicht wirklich.

„Sei nicht zu enttäuscht", sagte er und gab Andrea das Herz.

Mit einem verschmitzten Lächeln versuchte sie ihre Enttäuschung und ihr Misstrauen zu überspielen. Und es gelang ihr sehr gut. Kai bemerkte es nicht. Er war nur erleichtert. „Endlich geschafft - sie hat nichts gemerkt", dachte er sich.

Den weiteren Weg zum Auto gingen sie nicht mehr Arm in Arm, sondern nur noch nebeneinander. Aufgefallen war es beiden, aber ändern wollten sie es auch beide nicht. Beide aus ihren eigenen Gründen.

Das Bier, das Marco und Claudia vor sich stehen hatten, wurde beinahe schal, so langsam nippten sie daran. Am liebsten hätte Marco es weggeschüttet.

„Wollen wir gehen?", fragte er und hatte sein Bier noch nicht ausgetrunken.

„Nein. Ich hätte mein Bier noch gerne ausgetrunken!“,
sagte Claudia forsch.

Marco bemerkte die säuerliche Stimmung von Claudia.
Hastig sehnte er sich nach einer Zigarette, obwohl er
Nichtraucher war.

Claudia bemerkte seine Ungeduld. „Also gut. Du
möchtest wirklich jetzt gehen.“

„Ja, das möchte ich!“

„Na dann los“, sagte Claudia aufgebracht und knallte das
noch nicht ganz geleerte Glas auf den Tisch.

Zwei Kellnerinnen begannen zu tuscheln.

„Ich hatte die Decke gerade vor einer halben Stunde neu
aufgedeckt, und die versaut sie mir jetzt wieder.“

„So ist das ...“, sagte die andere, „ ... manche Leute
kümmern sich eben einen Dreck darum, ob andere Leute
Arbeit durch ihr Verhalten haben.“

Marco hatte Mühe, Claudia nach draußen zu folgen.

„Willst du jetzt wirklich die Beleidigte spielen?“, rief er
ihr hinterher.

„Ja, das will ich! Ich finde es nämlich ziemlich
unmöglich, wie du diesen Abend hier beendest.“

„Was willst du denn damit sagen?“

„Erzähle mir doch bloß nicht, du hast plötzlich keine Lust
mehr. Du änderst doch sonst nicht so schnell deine
Meinung.“ Claudia dachte nicht daran, stehen zu bleiben,
um zu warten.

„Nun war es aber heute so.“

„Ich will es nicht hören. Hör auf mit diesen Ausreden.
Ich habe keine Ahnung, was hier heute passiert ist, und
momentan will ich es auch nicht wissen, aber eines weiß
ich ganz genau: So etwas solltest du lieber nicht zu oft

mit mir machen. Du weißt nämlich, dass ich in solchen Dingen sehr empfindlich reagiere."

Nun blieb sie kurz stehen, um einen Blick auf sein Gesicht zu werfen. Sie sah allerdings keine Verwunderung in seinen Augen. Nichts, was darauf hindeutete, dass er verunsichert war. Dadurch wusste sie, er war es nicht, und es musste einen Grund dafür geben, dass es plötzlich diesen Stimmungsumschwung gab.

Marco versuchte weiterhin, sie zu beschwichtigen.

„Ach, warte ..."

„Halt den Mund und lass mich in Ruhe! Ich will nach Hause."

Claudia drehte sich um und eilte zu einem Taxistand.

In diesem Moment war eine nie zuvor auch nur vermutete Situation eingetreten. Marco sah ihr nach. Er tat es mit gemischten Gefühlen. Noch vor zwei Tagen hätte er geschworen, dass er ihr nie mit gemischten Gefühlen nachsehen würde. Und nun tat er es. Er war sich noch nicht einmal sicher, welches der Gefühle das dominierende war. War es die Liebe, von der er wusste, dass er sie für Claudia empfand, sie im Moment nur nicht spürte, oder war es die Gleichgültigkeit, die ihm einzureden versuchte, dass es schon nicht so schlimm sei, wenn er Claudia jetzt gehen ließe.

Er ließ sie gehen, und sie fuhr in dem Taxi davon, ohne sich noch einmal umzudrehen.

Während Marco nun auch langsam auf seinen Wagen zu schlenderte, waren Kai und Andrea gerade vor Andreas Zuhause vorgefahren. Sie machten bei ihrem Abschied auch keine großen Worte. Andrea spürte ebenso wie Claudia, dass etwas nicht stimmte, wollte in diesem Moment aber keinen Streit riskieren. Kai dagegen war davon überzeugt, dass Andrea nichts gemerkt hatte und sich noch immer kindisch über das Lebkuchenherz freute. Er wusste ohnehin nicht, was er Andrea hätte sagen sollen, und so beließ er es bei einem flüchtigen Kuss auf die Wange.

„Du warst auch schon mal leidenschaftlicher", sagte sie provozierend.

„Ich bin müde. Es war irgendwie doch ein anstrengender Tag."

„Ach so, na dann ist es verständlich." Andrea hatte große Schwierigkeiten, ihren Ärger zu verbergen.

„Vielleicht schaffen wir es ja, uns morgen zu sehen", sagte sie.

„Ja, vielleicht ... Wenn wir die Zeit haben ..."

Andrea stieg aus und schlug die Autotür zu.

„Ja, vielleicht ...", murmelte sie. „Du bist ein ganz schöner Spinner."

Kai fuhr ab, ohne zu hören, was Andrea noch flüsterte.

„Ist doch gut gelaufen ...", sagte er sich.

Die Haustür ging langsam und ohne einen Laut von sich zu geben hinter Andrea zu. Sie war müde, obwohl es noch gar nicht so spät war. Sie war müde, weil sie wütend auf Kai war. Wütend zu sein strengte sie schon immer sehr an.

So ließ sie sich letztendlich geschafft in ihr Bett fallen und hoffte, dass der nächste Tag besser werden würde. Mit dieser Hoffnung ging sie nicht allein ins Bett. Auch die drei anderen gingen mit ähnlichen Hoffnungen ins Bett. Alle dachten an die gleiche Sache, und doch hatte niemand von ihnen eine Ahnung, was das für eine Sache war. Keiner von ihnen wusste, wie der nächste Tag verlaufen würde.

Jener Tag nach dieser friedlichen Nacht.

Fünf

Der DOM schlief noch lange bis in den Tag hinein. Er hatte sich die Pause verdient, schließlich bot er seinen Gästen bis spät in die Nacht Unterhaltung und Spaß.

Kai wirkte am folgenden Tag eher abwesend, und auch an den anderen lief der Tag eher beiläufig vorüber. Keiner von ihnen hatte eine Idee, was der Tag noch bringen konnte. Lediglich Claudia hatte für diesen Tag den Entschluss gefasst, dass sie sich auf keinen Fall mit Marco treffen wollte. Sie wollte nicht noch einmal Gefahr laufen, dass er ihr mit seiner Laune die Stimmung verderben könnte. Es täte ihm außerdem ganz gut, dachte sie.

Noch vor wenigen Tagen waren sie ein Herz und eine Seele gewesen und hatten sich von einander nicht trennen können, und plötzlich zeigte er sich so launisch.
Sie zog es aber vor, erst einmal die Ruhe zu bewahren. Es war noch lange nicht die Zeit gekommen, eine Freundin um Rat zu fragen. Sie selbst machte sich auch noch keine ernsthaften Gedanken. Ihre Mutter konnte und wollte sie erst recht nicht einweihen. Erst einmal wusste sie nicht, in was, und zum anderen machte ihre Mutter sich sofort

die schlimmsten Gedanken, womit sie Claudia bestimmt nicht helfen konnte.

Andrea verkraftete die gespannte Trennung des Vorabends nicht so gut, wie sie es sich gewünscht hätte. Sie war nicht mehr einfach nur sehr wütend, sondern nach und nach schlichen sich bei ihr weitere negative Gefühle ein. Sie spielte ernsthaft mit dem Gedanken, sich mit Birgit zu unterhalten.

Der Nachmittag begann bereits, sich seinem Ende zuzuneigen. Schon annähernd zwei Stunden lief Andrea nervös durch die Wohnung. Immer noch beschäftigt mit der Frage, ob sie nun Birgit anrufen sollte oder nicht. Dunsttropfen von den gerade gegossenen Blumen liefen die Fensterscheiben entlang, doch das machte ihr die Entscheidung, ob nun Anruf oder nicht, auch nicht leichter.

Nun klingelte es schon zum sechsten Mal, und Birgit ging nicht ans Telefon. Es schien, als wäre sie wohl gerade auf dem Weg zu sich nach Hause.
„Eigentlich müsste sie schon zu Hause sein", dachte sich Andrea.
Entmutigt legte Andrea den Hörer nach elfmaligem Klingeln wieder auf, fest entschlossen, es innerhalb kürzester Zeit noch ein weiteres Mal zu versuchen. Die Dunkelheit, die sich am Abendhimmel ausbreitete, hatte auf Andrea eine einengende Wirkung. Von Minute zu Minute wurde sie unsicherer. Die Nachrichtensendung im Fernsehen war nun auch schon wieder vorbei, und Birgit war noch immer nicht zu Hause angekommen, oder sie wollte einfach nicht ans Telefon gehen. Andrea konnte

sich aber beim besten Willen nicht vorstellen, warum Birgit das nicht tun wollte.

Andrea nahm erneut das Telefon in die Hand. Der Speichertaste traute sie nicht. Sie zog es lieber vor, die Nummer ein weiteres Mal selber einzutippen.

Wieder hatte es fünfmal geklingelt.

„Ja ...?“, meldete sich eine junge Stimme.

„Birgit, bist du's?“, fragte Andrea aufgelöst.

„Natürlich bin ich das, Andrea, wer sollte es denn sonst sein?!“

Für einige Sekunden herrschte nur Stille. Birgit wartete und Andrea wusste nicht, wie sie mit der Schilderung ihres Problems beginnen sollte.

Andrea stammelte einige unverständliche Worte.

„Du hörst dich beschissen an“, sagte Birgit. „Was ist denn los?“

„Ach, wenn ich das wüsste ...“, sagte Andrea resignierend.

„Siehst du etwa schon wieder Gespenster, Andrea?“

„Ich weiß nicht, was es ist.“

„Ach, du siehst doch immer irgendwelche Probleme in deiner Beziehung. Mein Gott, du bist nun so glücklich und denkst immer noch, du wärst unglücklich. Manchmal habe ich das Gefühl, du wünscht es dir, unglücklich zu sein.“ Birgit war leicht genervt. Ständig musste sie sich die Zweifel von Andrea anhören. Es waren immer die gleichen Geschichten. Jedes Mal glaubte Andrea, hintergangen zu werden. Aber ebenso jedes Mal musste sie einsehen, dass es nicht so war.

Birgit hatte es dadurch jedes Mal schwerer, Andrea mit der gebührenden Aufmerksamkeit zuzuhören. Sie nahm Andreas Ängste langsam nicht mehr ernst.

„Rede doch bitte nicht so ein dummes Zeug“, fauchte Andrea. „Du weißt doch gar nicht, was passiert ist.“

„Ich bin sicher, dass gar nichts passiert ist. Du bildest dir nur wieder alles ein."

Etwa eine Dreiviertelstunde benötigte Andrea, um Birgit die Geschehnisse vom Vorabend in allen Einzelheiten zu erzählen. Dabei konnte sie gar nicht viel berichten. Sie hatte ebenso wie Claudia überhaupt nichts von den Blickkontakten der beiden Jungs mitbekommen. Dazu war sie viel zu sehr damit beschäftigt, sich über die Laune ihres Freundes zu wundern.
Birgit brachte dann das, was Andrea ihr erzählte, auch auf einen Punkt.
„So, du hast mir nun also eben erzählt, dass du und Kai auf dem DOM gewesen seid, und das obwohl Kai offenbar überhaupt keine Lust hatte."
Andrea stockte.
„Wie ...", fragte sie ungläubig, „... du meinst, das ist alles?"
„Ja, was soll denn da sonst noch sein?", fragte Birgit und versuchte Andrea auf diese Weise zu beruhigen.
„Findest du nicht, dass du dir das ein bisschen einfach machst?"
„Nein, Andrea, hör zu, es ist doch jedes Mal das Gleiche. Du rufst an und erzählst mir dein Leid, dabei war nichts anderes als vielleicht mal etwas schlechte Laune. Aber das ist nun mal so. In einer Beziehung muss man auch die schlechte Laune hinnehmen. Und vor allem muss man mit ihr versuchen zu leben. Du kannst nicht erwarten, dass Kai immer gut gelaunt ist und ständig mit dir um die Wette strahlt. Das ist zu einfach."
„Ach verdammt, deine Erklärungen hören sich immer so vernünftig an." Andrea fasste langsam wieder die Überzeugung, dass doch alles in Ordnung war und Birgit Recht hatte.

„Weil sie es sind. Überlege doch mal, die ganzen letzten Male, als du schon mal dachtest, es wäre etwas nicht in Ordnung. Wer hatte sich getäuscht, und wer hatte Recht?"

Andrea gab nach.

„Mmmm, ich weiß ... du hattest Recht, und ich hatte Unrecht."

„Na also ... Wir können ja die nächsten Tage noch mal telefonieren, und dann sagst du mir, dass wieder alles in Ordnung ist. Davon abgesehen, sehen wir uns ja nächste Woche wieder beim Sport." Birgit drängelte, das Gespräch zu beenden.

„O.K., du hast Recht. Danke, dass du zugehört hast, bis dann..."

Es war dunkel, und es regnete nicht. Es war ein Maiabend.

Andrea ging es wieder gut. Birgit hatte sie überzeugt, dass sie sich alles nur ein weiteres Mal unnötig eingeredet hatte. Sie gestand sich ja zugegebenermaßen auch ein, dass sie sich die Probleme bisher immer nur eingeredet hatte. Es war nie etwas an ihren Zweifeln dran. Warum sollte es ausgerechnet dieses Mal so sein?

Sie grübelte noch ein wenig und fand sich dann wenig später in der Küche wieder. Auf der Suche nach etwas Essbarem.

„Es ist schön, eine Freundin zu haben, die einen so beruhigen kann", dachte sie.

Nachdem Claudia sich an diesem Abend nicht bei Marco gemeldet hatte, ging er erneut auf den DOM. Er ging zu dem Fahrgeschäft, an dem er am Tag zuvor schon Kai mit Andrea begegnet war. Er dachte sich, wenn etwas ihn so sehr beeindruckte und so verunsicherte, dann musste es einen Grund haben. Und wenn es einen Grund hatte, hätte es keinen Sinn gehabt, wenn es zu nichts geführt hätte. Also rechnete er sich aus, dass, wenn es etwas zu bedeuten hatte, es an diesem Tag wieder passieren musste. Er wartete es ab. Lange war er noch nicht da.

Er wusste eigentlich nicht, worauf er wartete oder wie lange er warten musste. Er spürte aber, dass etwas in der Luft lag. Er wusste nicht, was es war oder was es bringen würde. Aber er freute sich darauf, das offenbar Fremde kennen zu lernen oder ihm wenigstens zu begegnen.

Es war ein ständiges Kommen und Gehen. Leute stiegen in die Gondeln und stiegen wenige Minuten später aus den Gondeln auch wieder aus. Die meisten lachten.
Die vielen bunten Lichter verloren sich in der Dunkelheit, die Düfte vermischten sich miteinander und von den Leuten, die kamen und gingen, kannte Marco nicht eine einzige Menschenseele. Er glaubte lediglich einmal in einer jungen Frau eine ehemalige Schulfreundin erkannt zu haben. Aber wenn sie es war, hätte sie ihn bestimmt nicht wiedererkannt. Es war auch nicht wichtig.

Marco bemerkte nicht, dass er bereits seit einigen Minuten beobachtet wurde. Aus einer der vielen Ecken des Fahrgeschäfts, die nicht so stark beleuchtet waren. Es war noch jemand an diesem Abend zu demselben Fahrgeschäft geführt worden, ohne eigentlich genau zu wissen, warum. Bloß traute sich derjenige nicht, aus seinem Schatten herauszutreten, also beobachtete er nur. Die Menschen, wie sie kamen und gingen, und ganz besonders einen: Marco.

Nur für Sekunden verlor Kai Marco aus seinem Blickfeld. Hastig sah er sich um, in der Hoffnung, ihn wieder zu entdecken. Aber es gelang ihm nicht. Sollte er wieder gegangen sein? War sein Kommen umsonst gewesen? Es hatte den Anschein, als wäre Kai ein weiteres Mal ein Opfer seiner Schüchternheit, seiner Unentschlossenheit geworden. Wenn es so war, hatte er es auch nicht anders verdient.

„Du warst gestern auch hier, nicht wahr?", hörte Kai jemanden über seine Schulter sagen.

„Ja, das war ich ..." Die Antwort kam automatisch, aber Kai wagte es nicht, sich umzudrehen. Er war wie gelähmt.

Dann trat Marco genau neben ihn und lehnte sich gegen eines jener Metallgeländer, die an jedem Fahrgeschäft zu finden sind, aber nie beachtet werden, geschweige denn für irgend jemanden wichtig sind. Und nun waren sie Zeuge dieser Begegnung.

„Ich habe dich gestern hier gesehen."

Kai konnte sich so ganz allmählich aus seiner Lähmung befreien und sah Marco zögerlich an. Ebenso zögerlich antwortete er: „Ich dich auch."

„Das dachte ich mir."

„Frage mich aber bitte nicht, warum ich heute wieder hier bin", sagte Kai und lächelte verschämt.

„Das tue ich nicht. Ich weiß selbst nicht genau, was ich hier mache", erwiderte Marco.

Einen Moment herrschte Stille zwischen den beiden, bis Marco wieder das Wort ergriff: „Ich hatte gestern allerdings den Eindruck, als wenn etwas Sonderbares hier vorging. Ich meine, schließlich kenne ich dich nicht einmal."

Kai verstand, was Marco sagen wollte, ohne es zugeben zu wollen.

„Du hast mich gestern verunsichert", sagte Kai. „Ich meine ... ich war bisher mein ganzes Leben unzufrieden gewesen, und gestern hatte ich plötzlich den Eindruck, ich bräuchte es nicht mehr zu sein. Als gäbe es eine Antwort."

„Eine Antwort? Worauf?"

„Ich weiß nicht..."

Die Menschen stürmten an ihnen vorbei, in die leeren Gondeln und auch aus ihnen heraus.

„Ich möchte etwas trinken", sagte Marco und deutete auf eine kleine, gemütlich wirkende Bude gegenüber. Nachdem er sich kurz umgesehen hatte, ging er hinüber. Ihm war unbehaglich. Er wusste noch immer nicht, was er von der ganzen Situation halten sollte. Und er konnte sich beim besten Willen nicht vorstellen, wie sich diese Situation noch entwickeln sollte. Er wusste nur, dass er aufgeschlossen genug war, um abzuwarten, was passieren sollte.

Kai folgte ihm. Nicht zögernd, aber unauffällig.

„Wie meinst du das, du bräuchtest nicht mehr unzufrieden zu sein?", fragte Marco nach.

Die beiden gingen in das Innere der Bude und setzten sich an einen der hinteren Tische. Eine der verblüffenden Eigenschaften aller Buden war es, dass sie nach außen immer kleiner wirkten, als sie tatsächlich waren.

„Bringen Sie uns zwei Bier!", sagte Marco zum Kellner, der mit fragendem Blick auf sie zukam. Dieser nickte zustimmend und machte auf halbem Wege wieder kehrt.

„Ich kann das nicht erklären", sagte Kai. „Ich spürte gestern so eine seltsame Ruhe. Und das hat mich verunsichert."

Marco nahm sein Bier sofort in die Hand, als der Kellner die Gläser an den Tisch brachte.
„Ich denke, wir sollten uns vorstellen", sagte er. „Ich bin Marco."
„Ich bin Kai."

„Ich schätze, es ist nicht einfach, jetzt hier weiterzumachen", meinte Marco.
„Schätze ich auch. Ich frage mich bloß, welche Bedeutung dieses Treffen haben soll. Ich meine ... ich bin ein ganz normaler Typ. Ich habe meine Freundin, bin in der Ausbildung und lese abends die Sportseite in der Zeitung. Ich frage mich, was das hier soll!"
„Ich frage mich das nicht", erwiderte Marco. „Ich habe zwar auch keine Ahnung, warum wir uns hier treffen, aber ich treffe mich eben einfach."
„Ich kann das nicht", erwiderte Kai. „Ich grüble über alles nach. Du nimmst es immer alles ganz leicht, oder?"
„Ich nehme es, wie es kommt."
„Ha ... sehr philosophisch ... und das in deinem Alter. Du bist doch nicht älter als ich!?"
„Zweiundzwanzig", meinte Marco.
„Na gut. Zwei Jahre ..."
Kai war noch immer nervös. Sein Bierglas schob er deshalb auch von einer Hand in die andere. Er schob es mehr, als daraus zu trinken.

Die ganze Zeit über musterten sie sich weiter. Sahen sich zu, wie sie redeten und wie sie sich dabei bewegten. Deuteten die Gestik ihrer Hände und versuchten herauszufinden, ob die Augen des anderen vielleicht mehr Unsicherheit ausstrahlten, als sie selber jeweils verspürten. Es war nicht leicht, dieses Gespräch zu führen. Es traten die üblichen Schwierigkeiten beim Gespräch auf, die alle oder die meisten Menschen haben, wenn sie sich mit jemand Unbekanntem unterhalten sollten oder wollten.

Sie versuchten beide, aus dem Gespräch so viele Informationen zu erhaschen, wie es möglich war. Einfach war es nicht. Kai war sehr schüchtern und versuchte, sich daher zu verstellen und sich nicht zu erkennen zu geben. Natürlich bemerkte Marco das, und es ermutigte ihn, sich weiter vorzuwagen, als er es eigentlich geplant hatte. Er ging mutig an die Sache heran. Er war neugierig geworden. Neugierig auf den jungen Mann, der da so schüchtern ihm gegenüber saß. Und er gab sich alle Mühe, dass Kai diese Neugier bemerkte.

Kai bemerkte sie zwar, wusste aber nicht, wie er sie deuten sollte. Es bestand schließlich die Möglichkeit, dass dieser unbekannte Typ ihn nicht ernst nahm und nach einer Möglichkeit suchte, ihn auszunehmen. Vielleicht aus Rache, weil er am Vortag gewagt hatte, diesen Mann so zu bemustern. Die wildesten Gedanken schossen ihm durch den Kopf.

Marco schob eine kleine abgerissene Ecke eines Bierdeckels zu ihm herüber. „Dies ist meine Telefonnummer", sagte er. „Ich würde es gut finden, wenn du dich melden würdest."

Dieser Satz traf Kai bis tief ins Mark. Wie ein großes Geschenk. Nie hätte er gewagt zu fragen, ob sie ihre Nummern austauschen wollen. Sicher, er wollte es, aber er traute sich nicht.

„Klar ...“, sagte er eher unbeholfen, als würde er dieses Wort zum ersten Mal in den Mund nehmen. Kai wusste nicht, worüber er mehr überrascht war. Darüber, dass Marco ihm seine Telefonnummer gegeben hatte, oder darüber, dass er sich so deswegen freute.
„Prima ... wenn du dann anrufst, kannst du mir ja auch deine Nummer geben, O.K.?“

Und wie O.K. das war, dachte sich Kai. Sicher war es das. Kein Drängen, kein Druck. Einfach der Vorschlag, es auf diese Weise zu tun. Er wusste, dass Marco seine Unsicherheit bemerkt hatte und ihm alleine auf diese Weise die Entscheidung überlassen hatte. Wenn Kai sich stark genug fühlte, konnte er anrufen. Wenn er sich sicher genug fühlte.
Kai sagte immer noch nicht viel mehr. Er brachte einfach nichts mehr heraus. Und plötzlich stellte er fest, dass Marco schon aufgestanden war.

„Ich muss jetzt weiter“, sagte Marco. „Du hast meine Nummer, ruf mich an, am besten abends.“
Nachdem er das gesagt hatte, blinzelte er kurz, und im Vorbeigehen berührte er ganz leicht die Schulter von Kai.

So eine leichte Berührung auf der Schulter war sicher nicht neu für ihn, aber so wie dieses Mal war es doch etwas Besonderes. Er fühlte etwas Besonderes. Die Zärtlichkeit zu spüren war auch nicht neu. Allerdings kannte er sie von keinem anderen Menschen als von Andrea. Sie von jemand anderem zu spüren, sie von Marco zu spüren war neu. Sie von Marco zu spüren war schön, und er sehnte sich schon nach der nächsten Berührung.

Sechs

„Dir geht's immer noch nicht besser, oder?“, fragte
Claudia.
„Wie meinst du das?“, fragte Marco zurück. Er lümmelte
sich auf seine Couch und versuchte angestrengt, zum
Fernseher zu sehen.
„Ich sehe es dir doch an. Deine Laune ist immer noch
nicht besser.“ Claudia kam sich etwas verloren und fehl
am Platze vor, so mitten im Raum. Sie war gerade bei
Marco vorbeigekommen. Ein weiterer Abend war
vergangen, und sie dachte sich, wenn Marco schlechte
Laune gehabt hatte, als sie auf den DOM gegangen
waren, so sollte sie doch zumindest zwei Tage später
wieder besser geworden sein. Sie wagte aber dennoch
nicht zu hoffen, dass er gute Laune hatte.

„Ich hatte nie schlechte Laune. Wie kommst du nur
darauf?“
Claudia resignierte. „Ach es hat heute offenbar noch
keinen Sinn. Ich habe gehofft, nachdem wir uns jetzt
einen Tag nicht gesehen haben, könnte man wieder mit
dir reden, aber da habe ich mich offensichtlich
getäuscht.“

Claudia wendete sich ab und ging zur Tür.

„Ich werde mich in den nächsten Tagen bei dir melden", sagte sie. „Es sei denn, du kommst vorher von allein wieder zur Besinnung und hast das Bedürfnis, mich zu sehen. Dann kannst du dich ja bei mir melden."

Marco ließ seinen Blick nicht vom Fernsehgerät weichen. Er betrachtete lediglich aus den Augenwinkeln, wie Claudia sich wieder auf den Weg machte und die Wohnung verließ. Er kannte sie gut. Er bemerkte sofort, dass sie sich beim Verlassen seiner Wohnung Zeit ließ, um ihm die Möglichkeit zu geben, sie aufzuhalten. Marco aber wollte sie nicht aufhalten. Er verspürte nicht das geringste Verlangen danach. So tat er es nicht.

Ohne noch ein Wort zu sagen, verließ Claudia die Wohnung. Ihr Ärger über sein Desinteresse beherrschte wesentlich stärker ihre Gedanken, als sie vermutet hätte. Sie machte sich aber keine weitreichenderen Gedanken darüber, was der Grund für seine plötzliche Wandlung war. Es gab außer seiner offenbar schlechten Laune keine weiteren Anhaltspunkte, die Claudia einen Grund zur Sorge gaben. Auch ihre weibliche Intuition verließ sie zu diesem Zeitpunkt völlig.

Erst nachdem Claudia gegangen war, sah Marco zur Tür. Er hielt kurz inne und machte den Versuch, darüber nachzudenken, ob er ihr nachgehen sollte, um dieser gesamten Entwicklung ein abruptes Ende zu setzen, oder ob er sich fragen sollte, wie weit er noch gehen soll. Er hatte ein intensives Interesse daran, wie es mit Kai weitergehen würde. Er konnte sich aber bislang nicht vorstellen, wie viel ihm das Ganze bedeuten sollte oder ob es ihm überhaupt etwas bedeuten sollte.

Als er zur Uhr sah, war es viertel nach neun. Er glaubte bis zu diesem Zeitpunkt fest daran, dass Kai noch anrufen würde. Er war davon überzeugt, dass er Kai auf die richtige Weise geködert hatte, aber er sollte sich täuschen.

„Schön, dass ihr kommen konntet!", sagte Kais Mutter. „Dein Vater wird sich riesig freuen. - Andrea, lass dich ansehen..." Mütterlich, fast herablassend nahm Kais Mutter Andrea in die Arme und gab ihr auf jede Wange einen nur zaghaft angedeuteten Kuss. „Du warst lange nicht hier, Kind, und Kai ist immer so schweigsam, wenn wir telefonieren. Er erzählt ja nie etwas. Ich dachte schon ..."
„Mutter, bitte ...!"

Andrea sah sich verlegen im Hausflur um. Sie wartete verzweifelt darauf, dass Kais Vater herauskommen würde, sie beide begrüßen würde und sie somit von seiner schrecklichen Mutter erlöste.
Kais Mutter zeigte sich überrascht, als ihr Sohn ihr ins Wort fiel.

„Aha .. ha ... ha ... ha ..." Kurz nach dem fröhlichen Gelächter schob sich auch schon der dicke Bauch seines Vaters durch die Tür.
„Ihr kommt spät ...". Er erdrückte Andrea fast.
„Wir konnten einfach nicht eher ...", sagte Kai leicht verschüchtert. Dann wurde er heftig durch einen freundschaftlichen Schlag seines Vaters durchgeschüttelt.
„Ach ... Papperlapapp ..."

„Nun kommt aber 'rein ...", sagte seine Mutter und sah ihren Mann mit forschem Blick an.

Andrea ließ die ganze wahnwitzige Situation geduldig über sich ergehen. Beide, Mutter und Vater, hatten das dranghafte Bedürfnis, im Mittelpunkt zu stehen. Dabei hatten sie nie bemerkt, dass sie ihren einzigen Sohn damit unterdrückten. Tatsächlich war es auch so, dass Kai in Gegenwart seiner Eltern sich nicht so locker gab, als er es ohne sie tat. Sie erdrückten ihn immer. Eigentlich sein ganzes Leben. Sicher, sie hatten es nicht bewusst getan, und sie wollten auch garantiert immer das Beste für ihren Sohn, aber um ihren Sohn wirklich zu erleben und mitzubekommen, wie er sich entwickelt, dafür waren beide viel zu sehr damit beschäftigt, selbst im Mittelpunkt zu stehen. So stahlen sie ihm auch in dieser Situation die Schau, indem sie Andrea in Beschlag nahmen und es bis zum Äußersten ausreizten, dass sie Andrea einige Zeit nicht gesehen hatten. Dieses erdrückende Verhalten seiner Eltern gipfelte schließlich in einem nicht weniger erdrückenden Familienfest.

Es war eines jener langweiligen Familienfeste, wie sie niemand wirklich gern über sich ergehen lässt. Kais Vater hatte Geburtstag und wurde 53. Kais Tante Gerda war aus ihrem Domizil in Süd-Baden erschienen, hatte ihrer Schwägerin drei Gläser selbst eingemachte Marmelade mitgebracht und langweilte die Gäste mit ihren Geschichten über ihren verstorbenen Mann. Der Einzige, der ihr immer noch zuhörte, war Kais Vater, weil Gerda mit ihren Erzählungen von seinem Bruder sprach, mit dem ihn eine Art Hass-Liebe verbunden hatte und der ihm, obwohl sie immer Streit gehabt hatten, seit seinem Tod sehr gefehlt hatte. Besser formuliert, fehlte ihm nicht wirklich der Bruder, sondern eher die Streitereien mit ihm.

Alle saßen um den Wohnzimmertisch herum, und zwei Kerzen brannten stetig, aber unbeachtet ihrem sicheren Ende entgegen. Ebenso unbeachtet verteilte sich der wohl duftende Rauch der Kerzen im Zimmer und begann langsam damit, sich wabernd die ganze Wohnung zu erobern. Kais Mutter schenkte regelmäßig Sekt in die leeren Gläser ihrer Gäste, und der Nachmittagskuchen stand noch am frühen Abend auf dem Tisch.

„Wollt ihr vielleicht noch Kuchen?", fragte sie.

„Ich nicht, danke, Mutti, - du, Andrea ...?"

„Nein, danke."

„Nun ja ..." Kais Mutter begann die Teller zusammenzustellen.

„Ich werde Ihnen helfen ...", sagte Andrea. Endlich eine willkommene Gelegenheit, um den Geschichten zu entkommen, die sich unbarmherzig ihren Platz in dieser familiären Runde erkämpften.

„Stell es einfach dort in die Spüle, Andrea. Ich denke, wir sollten dann auch gleich das Abendessen herausbringen. Dann ist Tante Gerda wenigstens beschäftigt."

„Vielleicht sollten wir das", antwortete Andrea geschafft. Die Verwandtschaft hinterließ deutliche Spuren in ihrer Gemütsruhe.

„Dann redet sie wenigstens nicht so viel, nicht wahr, Kind?!" Unbewusst, aber zufrieden biss Kais Mutter sich auf ihre Zunge, während sie die Platte mit dem kalten Buffett anhob.

Etwa gegen 23 Uhr fuhren Kai und Andrea wieder ab. Nach fast unendlich wirkenden Stunden in dieser familiären Einöde konnten sie sich endlich, ohne sich den Unmut seiner Eltern zuzuziehen, aus dieser Runde verabschieden. Tante Gerda hatte die Gelegenheit wahrgenommen und bat Kai, sie doch bei der nächsten Bahnstation abzusetzen. Ihrer Geschichten bereits entledigt, hatte sie während der Fahrt zum Bahnhof nichts mehr zu sagen.

Als Kai und Andrea schließlich für sich alleine im Wagen waren, blieb die Stimmung gedrückt. Dieser Tag hatte Kraft gekostet. Wortlos fuhr Kai Andrea durch die Straßen. Viel zu oft sah er auf die Wagenuhr, als könne er es nicht erwarten, Andrea zu Hause abzusetzen. Tatsächlich wollte er so schnell wie möglich ganz alleine sein. Er hatte den ganzen Abend schon überlegt, ob er die nächste sich ihm bietende Gelegenheit nutzen sollte, um Marco anzurufen. Wenn er es schaffte, ergab sich vielleicht an diesem Abend noch die Gelegenheit. So fuhr er auch schneller als sonst und kaute nervös auf seinen Lippen herum.

„Irgend etwas stimmt mit dir nicht", sagte Andrea nach einigen Minuten der Stille.

„Warum sollte mit mir irgendwas nicht stimmen?", versuchte Kai auszuweichen und machte ein verwundertes Gesicht.

„Ach komm ... Du hast den ganzen Abend fast nichts gesagt und hast nur stur auf den Tisch gesehen, als hättest du darauf gewartet, dass das Hähnchen wegläuft!"

„Wenn du schlechte Laune hast, lass das bitte nicht an mir aus!", sagte Kai energisch.

„Bitte ... ?" Andrea war verblüfft.

„Du redest hier wieder einen Blödsinn zusammen! Ich glaube du weißt gar nicht, was du sagst. Es war absolut nichts, aber bei Tante Gerda kommt man eben nicht zu Wort, und das weißt du auch." Kai hatte diese Übertreibung von Andrea ausgenutzt, um sich auf keine Diskussion einlassen zu müssen. Er wusste, dass sie, nachdem er dies gesagt hatte, viel zu wütend war. Wenn sie wütend war, ließ sie sich nie auf ein Streitgespräch ein, weil sie viel zu große Angst hatte, ihn zu verlieren. Sie wollte einfach nicht riskieren, ihn so sehr zu verletzen, dass er sie als Konsequenz verlassen würde. Sie vertraute einfach nicht darauf, dass es in jeder Beziehung auch mal einen Streit geben musste. Und sei es nur zur Entladung einer übermäßigen Spannung.

Kai hatte es geschafft. Er konnte sie nach Hause fahren, ohne noch ein weiteres Wort mit ihr wechseln zu müssen. Andrea hatte sich schmollend und verletzt auf ihren Sitz zurückgezogen. Die Zweifel, die Birgit am Vortage noch zum wiederholten Male hatte ausräumen können, waren in diesem Moment erneut dabei, sich zu formieren. Er hatte sie verletzt, und sie hatte Angst, er hätte es möglicherweise mit Absicht getan.
Wortlos stieg sie aus dem Wagen, als er vor ihrer Haustür gehalten hatte. Sie sah nicht noch mal zurück in den Wagen. Sie wollte vermeiden, dass Kai ihre feucht werdenden Augen sah. Desinteressiert, fast gleichgültig verabschiedete Kai sich von Andrea. Nur einen knappen Gruß hatte er für sie übrig. Den Blick weiter geradeaus auf die Straße gerichtet und die Hände das Lenkrad fest umklammernd.

Erst als er zu Hause ankam, bemerkte er, dass es schon zu spät war, um noch bei Marco anzurufen. Es war für ihn zu spät, und er ging auch ganz fest davon aus, dass es für Marco zu spät war. Wie hätte er auch wissen sollen, dass Marco gerade Urlaub hatte und gelangweilt vor dem Fernseher saß und sich Gedanken machte, warum Kai nicht anrief?

Kai sah sich noch eine ganze Weile den Bierdeckel mit der Telefonnummer an. Er musterte die Handschrift, die Marco hatte. Eine leicht geschwungene und trotzdem dynamische Handschrift und er versuchte sich vorzustellen, dass diese Handschrift nur von zärtlichen Händen sein konnte. Eine Zärtlichkeit, wie er sie schon für den Bruchteil einer Sekunde hatte spüren können, als Marco ihn an der Schulter berührt hatte. So kurz dieser Moment für ihn gewesen war, er konnte ihn nicht mehr aus seinem Gedächtnis streichen.

An Marco, an seine Handschrift, an das Treffen auf dem DOM und an die wunderbare Berührung denkend, schlief er irgendwann in seinem Bett ein.

Die Nachmittagssonne brannte auf alles nieder. Auf jeden Strauch und auf jeden Menschen, der sich auf der Straße befand. Andrea saß inmitten der Hitze auf einer jener Bänke, die die große prächtige Flaniermeile auf beiden Seiten säumten. Einer Flaniermeile, wie sie wahrscheinlich jede größere Stadt in irgend einer Weise vorzuweisen hat. Sie saß auf einer Bank, die kreisförmig um einen kleinen, erst kürzlich gepflanzten Baum aufgestellt war. Unter den zierlichen Ästen und Blättern versuchte sie zumindest halbwegs Schutz vor der sengenden Sonne zu finden. Es gelang ihr nur schwerlich.

„Hallo, Andrea ... entschuldige, ich bin etwas spät!", schnaufte Birgit atemlos und ließ sich erst einmal neben Andrea auf die Bank fallen.

„Hallo, Birgit! Das macht nichts, ich freue mich, dass du kommen konntest."

„Mann sag mal ... ich war überrascht! Du wolltest dich doch nicht wirklich nur zum Einkaufen treffen, oder?",

Birgit sah Andrea ungläubig an. „Denn weißt du, ich habe extra mein Treffen mit Ralf ausfallen lassen.“
Andrea sah Birgit verlegen an.
„Nein, natürlich wollte ich mich nicht nur zum Einkaufen treffen, aber ich halte es tatsächlich für wichtig.“
„Nein ... nicht schon wieder ...! Das ist doch nicht dein Ernst. Wir haben doch erst vor zwei Tagen darüber geredet.“
„... aber wenn doch etwas nicht stimmt!“ Andrea war wirklich verzweifelt, und sie flehte Birgit nahezu an, ihr zuzuhören.

Birgit hörte auch dieses Mal zu. Auch wenn sie immer noch nicht glauben wollte, dass tatsächlich irgendetwas an der Geschichte von Andrea dran war. Sie kannte Andrea schließlich. Immer und immer wieder kam sie an und fragte, was in ihrer Beziehung nicht stimmen würde. Und meistens stellte sich heraus, dass alles in der Beziehung in Ordnung war. Wenn Schwierigkeiten auftauchten, kamen sie deswegen, weil Andrea so misstrauisch war und immer vom Schlimmsten ausging.
Birgit machte sich allerdings darüber Sorgen, dass Andrea so bedrückt war. Es war nicht nur das übliche Misstrauen. Diesmal war es stärker. Andrea war verzweifelter als sonst. Und dieser Umstand machte Birgit Angst.
Sie versuchte, an der Geschichte, die Andrea ihr erzählte, irgend etwas Ungewöhnliches zu entdecken, aber es gelang ihr nicht.
„Ach Andrea, ich weiß nicht so recht. Es könnte etwas zu bedeuten haben, aber genauso gut könntest du dich wieder irren.“ Birgit zuckte resignierend mit den Schultern. „Ich kann es wirklich nicht sagen.“

Andrea war von Birgits Reaktion sehr enttäuscht. Wieder fühlte sie sich nicht ernst genommen.

„Du hast aber schon zugehört ...?“, fragte Andrea erbost. „Wieso nimmst du meine Probleme eigentlich nicht ernst?“

„Nun mach aber mal einen Punkt. Was erzählst du mir denn da schon Großes: Gut, ... dein Freund hat offenbar seit einigen Tagen schlechte Laune, aber das kann doch verdammt noch mal mehrere Gründe haben. Das muss doch nicht zwangsläufig daran liegen, dass er eine andere hat. Wenn ich immer neue Freunde hätte, wenn ich schlechte Laune habe, dann hätte ich schon für mein Leben ausgesorgt.“

„Mensch, Birgit, du kennst Kai doch nun auch schon einige Zeit. Er ist nicht der Typ, der gleich über mehrere Tage hinaus schlechte Laune hat.“ Andrea wurde ungeduldig. Sie bemerkte bereits, dass Birgit sie auch dieses Mal nicht ernst nahm. Birgit versuchte wieder Andreas Argumente herunterzureden.

„Weißt du, Andrea, du solltest dir wirklich überlegen ...“
„Hörst du mir eigentlich gar nicht mehr zu?“, schrie Andrea sie an. „Ich sagte bereits zum wiederholten Male, dass ich glaube, dass etwas nicht in Ordnung ist. Vielleicht sollte ich lieber glauben, dass du mit ihm zusammen bist, so wie du jedes Mal meine Befürchtungen abwiegelst. Du bist vielleicht die Schlampe, die mir meinen Freund ausspannen will ...!“
„Also so toll ist der nun wirklich nicht ...“, brummelte Birgit. „Aber wenn du tatsächlich der Meinung bist, dass du mit meiner Freundschaft nicht mehr gut beraten bist, dann solltest du dich besser zum Teufel scheren!“ Birgit war empört.

„Ich glaube auch, dass ich ohne dich besser dran bin",
fauchte Andrea.

Marco wartete an diesem Nachmittag erneut auf einen
Anruf von Kai. Es wirkte sich zum Nachteil aus, dass er
Urlaub hatte. Er begann sich Gedanken zu machen.
Konnte es vielleicht doch sein, dass Kai nicht anrufen
wollte? Und selbst wenn er es wirklich nicht tat, Marco
war sich sicher, dass es ihm auch nichts ausmachen
würde. Selbst in diesem Fall hätte er etwas Neues
erfahren. Er hatte Lust erfahren, mehr Lust, als er bislang
kannte, und mehr Lust, als er bislang zu brauchen schien.

Andrea sammelte mit Tränen in den Augen ihre zwei
Taschen zusammen. Sie fühlte sich von Birgit betrogen
und im Stich gelassen. Sie glaubte zwar nicht wirklich
daran, dass Birgit es war, aber sie hatte es dennoch
gesagt. „Ich hätte wirklich nicht gedacht, dass du mich so
hängen lässt." Sie ließ Birgit allein auf der Bank sitzen
und ging enttäuscht davon.
„Ich lasse dich nicht hängen...", sagte Birgit.
„Oh doch, das tust du", flüsterte Andrea vor sich hin,
ohne dass Birgit sie noch hören konnte.

Kai war erleichtert, als der Abend immer näher kam. Die
Arbeit war vorüber, und er war auf dem Nachhauseweg.
Vor Andrea war er sicher. Immer wenn sie sich gestritten
hatten oder einfach nur schlechte Laune war, musste Kai
wieder den Anfang machen. Doch den wollte er diesmal
ganz bestimmt nicht machen. Er wollte diesmal einen
ganz anderen Anfang machen.
Im gleichen Moment, als er nach Hause kam, stürmte er
zum Telefon. Glücklicherweise war sonst niemand von
der Familie da, von dem er hätte gestört werden können.

Nervös kramte er in seiner Hosentasche nach Marcos Nummer, bis er endlich den zerknickten Bierdeckel herausbekam.

Nachdem Andrea den ersten einfahrenden Zug verpasst hatte, stieg sie in den nächsten. Sie verirrte sich immer mehr in den Gedanken darüber, was in ihrer Beziehung mit Kai gerade nicht stimmte. Zu verwirrend war das Ganze für sie. Jahrelang gab es kaum Probleme, und Birgit hatte fast immer Recht gehabt: Andrea hatte sich die Probleme meist nur eingeredet. Aber diesmal war es anders. Sie spürte deutlich, dass eine Spannung in der Luft lag. Eine Spannung, die nichts Gutes bedeuten konnte.

Schweiß trat Kai in die Hände. Er hatte so etwas noch nie zuvor gemacht. Andrea war seine erste Beziehung, seine erste Freundin. Und er brauchte sie auch nicht zu erobern, da sie ihn eigentlich erobert hatte. Er hatte gehofft, nie in die Situation zu kommen, selber einmal den Anfang machen zu müssen. Und nun war es offenbar so weit. Es drängte ihn dazu, es zu tun. Es machte ihm deutlich, dass er, ohne hier den Anfang zu machen, eine wichtige Episode in seinem Leben beiseite lassen würde. Eine wichtige Lektion verpassen würde.

Andrea schloss die Wohnungstür auf, und sofort stieg ihr der Duft des Abendessens in die Nase. Ihre Mutter war schon seit einiger Zeit von der Arbeit zurück.
„Andrea ...?"
„Ich dachte, du hast heute deine Gymnastik, Mutti", sagte Andrea niedergeschlagen.

„Ist ausgefallen ...", ihre Mutter kam aus der Küche, gerade mit einem Handtuch in der Hand. „Ist was mit dir? Du siehst nicht gut aus ..."

„Ist nichts Wichtiges. Ich möchte aber nicht darüber reden."

Mit Besorgnis sah ihre Mutter zu, wie Andrea mit tief gesenktem Kopf in ihr Zimmer ging, ohne noch einmal zu ihr herüberzusehen. Es fiel ihr schwer, Andrea nicht weiter zu fragen, aber getan hat sie es nicht.

Schließlich traute sich Kai dann doch, die Nummer zu wählen. Seine Hände schwitzten von Sekunde zu Sekunde mehr, und sein Herz konnte er fast an seinem Kehlkopf spüren. Vor der letzten Ziffer stockte er. Dies war die letzte Gelegenheit, sich nicht auf ein Abenteuer einzulassen, von dem er nicht wusste, was es ihm anzubieten hatte. Er wusste nicht, was er da zuließ oder vielleicht abbrechen sollte. Er wusste nur, er hatte zu entscheiden, ob etwas möglicherweise Wichtiges die Chance haben sollte, eintreten zu können oder nicht.

Er wählte die letzte Ziffer, und somit sollte es die Chance haben.

Einige Sekunden klingelte das Telefon bei Marco. Ein Gong ertönte störend zwischen dem Takt des Telefonläutens, und der Nachrichtensprecher begann im Fernsehen damit, die aktuellsten Nachrichten zu verlesen. In diesem Moment dachte Marco gerade nicht daran, dass es Kai sein könnte, und ging entsprechend gelangweilt ans Telefon. Erst, als am anderen Ende offenbar keine Regung zu erwarten war, meldete Marco sich.

„Hallo ... hallo ... Ist da ...", Marco stockte. Es fiel ihm ein, dass er auf Kai wartete. Er hörte noch immer nichts.

Schnell bemühte er sich, dem Nachrichtensprecher mit der Fernbedienung die Stimme zu rauben.

Kai räusperte sich schüchtern.

„Du wolltest doch, dass ich mal anrufe ... hier ist Kai."

„Äh ... äh ... ich dachte nur nicht, dass du dich so schnell melden würdest." In diesem Moment merkte er schon, dass diese Bemerkung ein Fehler gewesen sein musste. Kai war ohnehin schon schüchtern und wurde durch diese Bemerkung noch zusätzlich verunsichert.

„Dann störe ich wohl ..."

„Um Gottes Willen, nein! Ich meine, ... ich freue mich. Was hältst du davon, wenn wir uns spontan treffen?", Marco wartete gespannt auf die Antwort.

Kai war tatsächlich verunsichert. Er überlegte kurz und wollte eigentlich ablehnen. Aber auch jetzt sagte er sich, wenn er einen Rückzieher machen würde, könnte er etwas verpassen.

„O.K. ...doch, die Idee finde ich gut."

Marco war erleichtert. Hatte er es doch noch geschafft, seinen eigenen Fehler auszubügeln. Sie einigten sich nach einigem Hin und Her auf eine zentral gelegene Eisdiele. Sie war für beide gut und schnell zu erreichen und, was noch wichtiger war, beide wussten, wo sie sich befand.

Es dauerte nur etwa zwanzig Minuten, bis Marco die Eisdiele als Erster erreichte. Er hatte sich schnell ein frisches T-Shirt übergezogen, das Deo aufgefrischt und stürzte dann sofort in sein Auto. Keine Schande war größer, als zu spät zu kommen.

Kai kam kurz nach ihm an. Ihm war nicht mehr ganz so mulmig, wie in dem Moment, als er Marco das erste Mal gesehen hatte, auf dem DOM. Er entdeckte Marco an einem der weißen Plastiktische. Kai sah zu ihm herüber, aber wusste nicht recht, ob er nun ein Lächeln auf Marcos Gesicht sah oder ob er nun immer so aufgeschlossen wirkte.

Kai freute sich auf dieses Treffen. Auch, wenn es schon das zweite Treffen, ein Wiedersehen war, wirkte es fast wie ein erstes Treffen. Eine ähnliche Aufgeregtheit erfüllte beide.

Von Anfang an hatte Kai bemerkt, dass Marco eine ganz bestimmte Ausstrahlung auf ihn hatte. So fühlte er sich auch sofort geborgen, als er Marco sah.

Er wusste sich diese Geborgenheit nicht zu erklären. Wie konnte er sich geborgen fühlen, wenn er Marco nicht einmal kannte?

Das Abtasten hatten beide beim letzten Treffen getan, und beide fanden, dass es genug war. Sie hatten sich beide vorgenommen, aus diesem Treffen etwas mehr zu machen.

„Ich hatte mich lange nicht getraut anzurufen", begann Kai.

„Und ich wusste nicht mehr, ob du noch anrufen würdest oder nicht. Ich habe eigentlich gestern mit deinem Anruf gerechnet, und als der nicht kam, dachte ich schon, du wolltest nicht. Und da habe ich es bedauert, dass ich nicht nach deiner Nummer gefragt hatte."

„Du kannst sie jetzt haben, wenn du willst. Schließlich bin ich ja jetzt gekommen." Kai wirkte selbstsicherer als sonst. Nicht nur, dass er sich geborgen fühlte, sondern er sprach freier, setzte sich offener auf den Stuhl.

„Oh ja …", sagte Marco, „ich will deine Nummer haben."

Sie bestellten sich Eis, jeder einen überdimensionalen Becher mit sechs oder mehr Kugeln. Lange hatten sie an ihren Bechern zu essen. Und während sie aßen, lernten sie sich kennen. Sie sprachen über sich und über ihre Pläne, über ihre Freizeit und ihre Hobbys. Sie vermieden es aber beide, über ihre Freundin zu reden. Sicherlich hatten sie sie auf dem DOM gesehen, aber sie interessierten nicht. Beiden war im Grunde klar, dass es die Freundin gewesen sein musste. Und ebenso war ihnen klar, dass die Freundinnen besser erst einmal nichts erfahren sollten, zumindest so lange nicht, bis sie beide selber wussten, worauf sie sich eigentlich einlassen würden.

Fast automatisch, ohne es wirklich zu merken, gingen sie, nachdem sie ihr Eis geschafft hatten, durch die nahe gelegene Grünanlage. Mal erzählte der eine, und dann wieder der andere.

Kai bemerkte, wie wohl er sich in Marcos Gegenwart fühlte. Eine wunderbare Ruhe durchströmte ihn. Eine Ruhe, wie er sie noch nie gespürt hatte. Aber es war eine Ruhe, von der er jetzt wusste, dass er sie hatte und dass sie es war, die ihm bislang immer gefehlt hatte. Schon nach dieser kurzen Zeit wusste er, dass er diese Ruhe nie wieder verlieren wollte, nur fragte er sich noch, woher sie eigentlich stammte. Er war sich nicht sicher, ob sie nun einfach von Marcos Art ausging oder ob es an der Tatsache lag, dass Marco ein Mann war.

Sie bemerkten beide nicht, dass während der vielen Gespräche sich der Abend deutlich seinem Ende näherte. Und so fanden sie sich weit nach Sonnenuntergang auf einer Bank eines Gartenlokals wieder, beide mit einem Bier in der Hand, und einige Leute unterhielten sich an den Nebentischen.

„Ich freue mich, dass du mich morgen von der Arbeit abholst“, meine Kai.

„Was soll ich sonst machen?! Ich habe schließlich noch zwei Tage Urlaub. Und da wir uns sowieso sehen wollen, können wir es auch schon eine Stunde früher tun.“ Marco bemerkte den Kellner, der von Tisch zu Tisch ging und auch zu ihm und Kai kam.

„Darf ich Sie bitten, gleich zu zahlen, wir schließen in wenigen Minuten“, sagte der Kellner höflich.

Kai sah auf die Uhr. „Oh Mann, es ist schon nach halb eins. Und ich muss morgen früh raus.“

„Dann sollten wir vielleicht gehen“, meinte Marco.

„Bloß toll, dass mein Wagen auf der anderen Seite vom Park steht.“

„Meiner doch auch“, sagte Marco und schlug Kai bedauernd auf die Schulter. „Wir sind zusammen hierher gegangen, und nun können wir auch zusammen wieder zurückgehen.“

Wieder so eine Berührung. Eine ganz normale Berührung. Aber auch diese Berührung empfand Kai als etwas ganz Besonderes.

Trotz der nicht wenigen Parkleuchten war es relativ dunkel im Park, und sie beeilten sich damit, durch den Park zu kommen. Obwohl es tagsüber sehr warm war, wurde es in der Dunkelheit doch regelmäßig empfindlich kalt.

Auf ihrem Weg zu den Autos unterhielten sie sich kaum. Sie gingen einfach schweigend nebeneinander her, genossen die Ruhe, die sie umgab, und gingen unbewusst immer schneller. Der Kälte wegen.

Kai dachte über den Abend nach, den er gerade verlebt hatte. Er hatte ihn genossen. Noch immer spürte er die

Ruhe, die schon den ganzen Abend durch ihn hindurchströmte. Er war sich sicher, dass sie von Marco ausging und dass Marco auf diese Weise eine für ihn wunderbare Ausstrahlung hatte. Er fühlte sich nach wie vor geborgen. Er glaubte mittlerweile, in Marco das gefunden zu haben, was er in der Vergangenheit so schmerzlich vermisst hatte, auch wenn er niemals wusste, was ihm da gefehlt hatte.

Marco dagegen spürte, dass Kai ihn zu brauchen schien. Er konnte sich zwar bislang nicht vorstellen, für einen Mann das zu sein, was er doch sonst nur für Claudia war. Aber da es für ihn so neu war, hatte er daran mehr Interesse als an dem, was er schon kannte. Er wollte dieses Gefühl von Kai spüren und hatte kein Verlangen mehr danach, es von Claudia zu spüren.

Hinter einigen Bäumen tauchte der Parkstreifen auf, auf dem beide ihre Wagen abgestellt hatten. Es waren die beiden letzten Wagen, die dort noch standen. Weit auseinander, aber die einzigen.

„So einen fährst du also", meinte Marco.

„Ja. Ganz schön alt, nicht wahr?"

„Hauptsache, er fährt."

Marco brachte Kai bis zu seinem Wagen. Die Farbe war nur noch schwerlich zu erkennen, so schmutzig war er.

„Es war ein schöner Abend", meinte Kai und stellte sich neben seine Fahrertür. Marco stellte sich neben ihn, und während Kai seine Schlüssel heraussuchte, vergrub Marco seine Hände in den Hosentaschen.

„Ja, das war es...", meinte Marco.

„Aber nun muss ich los. Ich muss schließlich morgen arbeiten."

„Im Gegensatz zu mir", sagte Marco verschmitzt.

Kai hatte seine Tür aufgeschlossen und war eigentlich bereit, einzusteigen und loszufahren. Er wusste aber nicht, wie er sich in dieser Situation verabschieden sollte. Auch Marco war in diesem Moment etwas verunsichert. Der einzige Moment, in dem er es war. Hatte er bisher einfach alles nur der Neugier wegen verschlungen, so wusste er in diesem Moment nicht, wie man diesen Abend beenden sollte. Er holte tief Luft.

„Ich hole dich also morgen von der Arbeit ab", meinte er mit einem leichten Zittern in der Stimme.
Kai sagte nichts. Er nickte nur. Mehr brachte er nicht mehr zu Stande. Er war einfach zu nervös.
„Es war schön, heute mit dir", sagte Marco und strich Kai über dem linken Ohr durchs Haar.

Marco war selbst davon überrascht, dass er dies tat. Er hatte sich überwunden, ohne eine Ahnung zu haben, ob es richtig war. Aber er tat es. Sein Herz raste und dann ... tat er es noch einmal. Er strich Kai durchs Haar und streichelte es dabei. Das erste Mal, dass er so etwas nicht bei einem Mädchen gemacht hatte. Es gefiel ihm. Selbst das Haar fühlte sich männlich an. Er hätte nie gedacht, dass sich sogar das Haar männlich anfühlt. So ganz anders als das Haar einer Frau.

Und Kai? Er hatte dieses Gefühl der Geborgenheit verspürt. Den ganzen Abend schon. Und nun strich ihm jener Typ durchs Haar, von dem diese Geborgenheit ausging. Es war in diesem Moment mehr als die Geborgenheit. Vergessen war Andrea und die Liebe zu ihr. Weit war diese Liebe zurückgewichen, wenn sie überhaupt noch vorhanden war. Ausradiert, verweht von der Leidenschaft, die er für Marco empfand. Vernichtet durch Marcos dramatische Präsenz. Es war etwas Besonderes.

Sieben

Es zeigte sich mit den Wochen immer deutlicher, dass es ein guter Sommer werden würde. Die Anzahl der Regentage ging deutlich zurück, und die Temperaturen pendelten sich auf recht hohem Niveau ein. Es war anzunehmen, dass sich nicht allzu viele Menschen an dieser Entwicklung störten.

Die Tage wurden länger und die Zeit, die man innerhalb der eigenen vier Wände verbrachte, wurde weniger. Warum sollte sich ein solch gutes Wetter nicht auch nutzen lassen?
Kais Eltern nutzten den Sommer auf ihre eigene Weise. Sie sparten sich ihren gesamten Jahresurlaub auf, um zu dieser Zeit auf Reisen zu gehen. Sie waren gerade die zweite Woche unterwegs gewesen, vier weitere Wochen sollten noch folgen.

Kai und Marco scherten sich nicht darum, wie die Wohnung von Kais Eltern unter ihrem Einfluss litt. Sie ließen die Wohnung regelrecht verwahrlosen. Eigentlich waren beide in dieser Zeit ihrer Verliebtheit nicht in der Lage, klar zu denken. Am meisten litten dabei die

Wohnungen unter ihrem rücksichtslosem Egoismus. Die Wohnung von Kais Eltern ebenso wie Marcos. Sie kümmerten sich um nichts weiter als um sich selbst. Der Schimmel hatte Freunde gefunden. Aber konnte man es ihnen verdenken? Hat nicht jeder, erst mal frisch verliebt, nicht bloß Augen für die große Liebe und sieht darüber hinaus gar nichts mehr? Bei Marco und Kai war es jedenfalls so. Sie hatten nur Augen für einander.

Seit fünf Wochen kannten sie sich nun, und seit fast drei Wochen wichen sie sich nicht mehr von der Seite. Allerdings zeigten sie ihre Liebe nicht in der Öffentlichkeit, sondern nur privat, wenn sie beide alleine waren. Den Mut, es öffentlich zu zeigen, hatten sie beide nicht. Es bot sich auch nicht die Gelegenheit dazu, beziehungsweise sie fanden Ausreden, es nicht zu tun.

Sie unternahmen so viel, fuhren überall hin und waren jede freie Minute nur mit sich beschäftigt. Es war, als würden sie ihre Beziehung wie in einem Vakuum erleben. Sie nahmen ihre Umwelt nicht wahr. So sehr waren ihre Sinne mit sich selbst beschäftigt. Sie hatten nicht einmal die Zeit, sich von ihren Freundinnen zu trennen.

Mittlerweile waren es Wochen her, seit sie mit ihren Freundinnen auseinander gegangen waren - fast im Streit -, und melden wollten sie sich keinesfalls. Als es dann aber auch weder Andrea bei Kai noch Claudia bei Marco taten, hatten es beide vergessen. Schließlich hatten Andrea und Claudia auch ihren Stolz.

Für den Fall, dass Marco oder Kai doch einmal in einer ruhigen Minute daran dachten, sich zu melden und die Beziehung zu beenden, konnten beide sicher sein, dass es ihnen die Feigheit wieder austreiben würde.

Nun als Kais Eltern nicht im Hause waren, hatten Marco und Kai in der Wahl ihrer Übernachtungsmöglichkeiten freie Hand. Diesen zeitweiligen Zustand nutzten sie die ganze Zeit über auch schamlos aus. Das eine Mal schliefen sie bei Kai, ein anderes Mal bei Marco. Aber wirklich anzutreffen waren sie eigentlich nicht. Immer unterwegs, nur nachts in einer der Wohnungen zum schlafen.

Andrea war nach Wochen die Erste, die wieder versuchte, Kontakt aufzunehmen. Doch ob sie nun anrief oder bei Kai vorbeiging, sie hatte keinen Erfolg. Anderthalb Wochen konnte sie sich freiwillig von Kai fernhalten. Sie hatte schließlich auch ihren Stolz. Dann wagte sie es das erste Mal, wieder den Telefonhörer in die Hand zu nehmen und Kais Nummer zu wählen. Als sie dann keinen Erfolg hatte, brauchte sie weitere drei Tage, um den Mut zu fassen, bei Kai vorbeizugehen. Mit mehrmaligem Klingeln zu verschiedenen Zeiten hatte sie aber auch mit diesen Versuchen kein Glück. Um es mitten am Tage bei Kai auf der Arbeit zu versuchen, dazu fehlte ihr selber die Zeit, und sie konnte sich zudem auch nicht auf ein derartiges Telefonat konzentrieren. Es war nicht einfach für sie, denn mit jedem Misserfolg wurde sie nervöser.

Kai spürte deutlich die Zärtlichkeit, als Marco ihn von hinten in seine festen Arme nahm. Er schloss die Augen, atmete tief ein und genoss es, wie Marco sich an ihn schmiegte und streichelte. Der Tag dämmerte, sie waren bei Marco in der Wohnung. Beinahe der einzige Ort, an dem sie solch eine Umarmung wagten. Um es in der Öffentlichkeit zu wagen, dazu war es für beide noch zu neu. Sie waren so unerfahren. Nahezu alles, was sie taten, hatte Premierencharakter.

„Was tust du ...?", flüsterte Kai.

„Ich drehe dich um ..." Marco ging dabei in die Hocke und schob Kais T-Shirt hinauf. Als er dann damit begann, Kais Oberkörper zu küssen, stockte Kai der Atem. Nichts konnte Kai in diesem Moment dazu bewegen, an Andrea zu denken. Marco hatte es in den vergangenen Wochen geschafft, sie ganz aus seinen Gedanken zu verdrängen. Marco war in der Lage, ihren Platz mehr als nur auszufüllen. Er schuf ihn neu.

Für Kai war es wie ein Traum. Er war gefangen in der Faszination, die er für Marco empfand. Marco konnte alles entscheiden, alles tun. Kai akzeptierte es. Es war fast so, als könnte Kai kaum einen eigenen Gedanken fassen, so war er von Marco überwältigt.

Marco zog Kai zu sich hinunter auf den Boden. Er küsste ihn unentwegt weiter und zog ihn dabei ebenso langsam wie konsequent aus.

Für Kai war Marco die Erfüllung. Jenes Etwas, was er sein ganzes bisheriges Leben vermisst hatte, spürte er nun endlich. Es ging von Marco aus. Marco hatte das, was Andrea nicht geben konnte, und so langsam kamen ihm die Gedanken, dass es daran liegen konnte, dass Marco ein Mann war. Erstmals kam ihm der Gedanke, dass ihm nur ein Mann das geben konnte, was er brauchte.

Marco war der aktive Partner, wenn es um Situationen ging, wie in jenem Moment auf dem Boden. Er hatte das unbändige Bedürfnis, etwas auszuprobieren, was er bislang noch nicht kannte, um dieses Neue dann zu perfektionieren. Marco handelte, und Kai genoß.

„Es ist totaler Wahnsinn, dass wir es sofort wieder treiben, sobald wir alleine sind", sagte Kai. Er war sich selber nicht ganz sicher, ob er von Marcos stürmischem Vorgehen begeistert oder geschockt sein sollte.

„Ich finde es schön", meinte Marco. „Es ist etwas, was wir beide bisher nicht kannten, und ich habe es mit dir zum ersten Mal getan ... und ich muss sagen, es gefällt mir sehr. Vor allem mit dir."

„Gefällt es dir, weil du alles tun, alles ausprobieren kannst oder weil ich es bin?" Kai war in diesem Punkt unsicher.

„Na hör mal ... natürlich weil du es bist. Wie hätte ich dich sonst auf dem DOM sehen sollen?" Marco kuschelte sich an Kai heran.

Sie schwitzten beide in einem solchen Maße, dass ihre Körper zu glänzen begannen und vereinzelte Schweißperlen auf den Fußboden fielen.

„Es gibt solche Zufälle nicht", fügte Marco noch hinzu. „Und ich finde, wir haben an jenem Abend einen Glückstreffer gelandet."

Kai versuchte seine Unsicherheit zu verbergen. Er machte sich aber auch darüber Gedanken, wie es weitergehen sollte, wenn seine Eltern aus dem Urlaub zurückkehren würden. Sollte er es ihnen sagen? Wenn ja, wie sollte er es ihnen sagen.

Nachdem sie Andrea kennen gelernt hatten, hatten sie sich eigentlich schon darauf eingestellt, irgendwann zu hören, dass sie Großeltern werden würden und dass eine Hochzeit ins Haus stünde. Sie waren in solcherlei Angelegenheiten sehr konservativ, um nicht zu behaupten: spießig, und hatten ihre eigene, festgefahrene, hausbackene Meinung. Jede Abweichung davon musste sie bis ins Mark erschüttern. Und ganz sicher hätte sie es getan.

„Ich liebe dich, Marco", sagte Kai. Er wusste, dass er sich damit auf jeden Fall weit entfernt von der Vorstellung seiner Eltern befand.

Die Sonne ging schon wieder auf, obwohl es erst kurz vor sechs Uhr morgens war. Dadurch, dass sie immer wieder woanders schlafen gingen, hatten sie ein Problem damit, immer genügend eigene frische Kleidung bei sich zu haben. Kai hatte an diesem Morgen dieses Problem. Er entschloss sich aber kurzerhand, einfach ein paar Sachen von Marco anzuziehen. Marco würde schon nichts dagegen haben, dachte er sich. Ihn mit einer derartigen Frage aus dem Schlaf zu reißen, wollte er Marco nicht antun. Wie er Marco in diesem Moment beneidete. Fast anderthalb Stunden konnte er noch selig in den Träumen wandeln. Was war es doch für ein Luxus, nicht in aller Herrgottsfrühe zur Arbeit gehen zu müssen.

Kai nahm sich die Sachen, die er für den Tag brauchte und sah ein letztes Mal an diesem Morgen zu Marco herüber. Einige Minuten verharrte Kai darin, Marco dabei zu beobachten, wie er sich in seinem Bett räkelte.
Wie sanft er war, wenn er schlief ... und wie stark er war, wenn er wach war. Leise schloss Kai die Wohnungstür.

Es war ein eigenartiges, fremdartiges Gefühl, das Kai jedes Mal aufs Neue beschlich, wenn er aus einer an sich fremden Umgebung auf dem Weg zur Arbeit war. Das Gewohnte fehlte und dieses Fehlen verunsicherte, aber die Geborgenheit bei Marco machte diese Unsicherheit wieder wett.

Kai hatte sich, ohne weiter zu suchen, einfach eines von Marcos Holzfällerhemden übergezogen. Und als er darauf achtete, bemerkte er, dass es nach ihm roch. Es fiel ihm nicht auf, dass er auf dem Hausflur Claudia traf, und so ging er, nur auf den Geruch des Hemdes achtend, davon.

Es war 6 Uhr 15, als Claudia den Hausflur betrat, und auf Marcos Wohnung zuging. Sie kannte Kai nicht, also achtete sie auch nicht auf ihn. Ihr fiel aber Marcos Geruch auf, als Kai an ihr vorbeiging und als sie sich verwundert nach Kai umdrehte, erkannte sie auch Marcos ehemaliges Lieblingshemd, das sie seinerzeit gemeinsam gekauft hatten. Nach kurzer Verwunderung ging sie dann aber doch weiter.

Auch wenn Claudia Marcos Arbeitszeiten nicht gekannt hätte, konnte sie um diese Uhrzeit doch relativ sicher sein, ihn in seiner Wohnung anzutreffen. Und ihr machte es auch nichts aus, zu dieser Uhrzeit unterwegs zu sein. Marcos Wohnung lag fast auf ihrem Arbeitsweg, und es stellte auch kein großes Problem dar, wenn sie einmal eine halbe Stunde früher anfing zu arbeiten.
Claudia hatte es als letzte Möglichkeit betrachtet, es so früh zu versuchen, da sie es zu allen anderen Zeiten nicht geschafft hatte, ihn anzutreffen. Sie griff hinter den Blumenkübel, hinter dem Marco ihr immer den Wohnungsschlüssel versteckt hatte, falls er mal nicht zu Hause sein sollte, und sie wunderte sich, als sie den Schlüssel tatsächlich noch fand - obwohl Marco sich nun seit Wochen nicht gemeldet hatte.

Sie fand seine Wohnung vor, wie sie es gewohnt war. Unaufgeräumt, wenn nicht sogar schlampig. Sie war sehr leise, und Marco bemerkte erst gar nicht, dass sie da war. Sie fragte sich, wer Kai war und warum er zu dieser Zeit offenbar aus Marcos Wohnung kam. Die Couch im Wohnzimmer sah so unaufgeräumt wie immer aus, bepackt mit schmutziger Wäsche und übersät mit Chipskrümeln. Geschlafen haben konnte darauf in dieser Nacht niemand. Als einzige Möglichkeit blieb eigentlich nur das Bett.

Sie machte sich erst dann bemerkbar, als sie vor seinem Bett stand und beobachtete, wie er sich räkelte.

„Es ist schön, dich nach so langer Zeit einmal anzutreffen“, sagte sie.

Marco wurde schlagartig wach. „Was machst du hier?“, fragte er, ohne ganz zu begreifen, dass sie tatsächlich da war.

„Sag mal, kommt es neuerdings öfter vor, dass irgendwelche Typen zu dieser Zeit bekleidet mit deinen Sachen aus deiner Wohnung kommen?“

Claudia sah sich weiter um und versuchte, ruhig zu bleiben. Sie war sich nicht sicher, wie sich dieses Gespräch entwickeln sollte, und wartete ab, was Marco zu sagen hatte.

„Sag mal, was soll das ...“ Langsam richtete Marco sich auf, und er begann zu begreifen, dass Claudia wirklich da war und Kai nur um Haaresbreite verfehlt zu haben schien. „... spionierst du mir etwa nach, oder wie soll ich das verstehen?“ Er stand auf und zog eine der herumliegenden Shorts an.

„Ich habe es nicht nötig, dir nachzuspionieren, aber vielleicht sollte ich es. Wer weiß, was ich entdecken würde.“

„Nichts, was dich zu interessieren hätte! Wie kommst du hier überhaupt rein?"
„Der Blumenkübel - du erinnerst dich sicher ..."
„Ach Scheiße, hab ich den Schlüssel dort etwa vergessen?"

Claudia grub sich einen Sitzplatz auf der Couch frei und setzte sich. „Hätte ich nicht kommen sollen? Störe ich dich? Hattest du das etwa vor ..., wolltest du Schluss machen, ohne irgendeine Erklärung?" Langsam wurde Claudia doch aggressiv, und ihre Stimme wurde energischer. „Es war doch sonst nicht deine Art, dich einfach so zu drücken und dich aus dem Staub zu machen."
„Ich habe nichts zu erklären ...", fauchte Marco zurück. Der Schlaf stand ihm noch in den Augen. „... und aus dem Staub zu machen brauche ich mich auch nicht. Schließlich bin ich doch hier, oder nicht? Also was soll das, was willst du hier?"
„Ich will eine Antwort!", forderte sie lautstark.
„Eine Antwort worauf?", keifte er zurück.
„Warum meldest du dich nicht mehr ... und ... was macht eigentlich dieser Typ hier ... warum trägt der deine Sachen?"
„Der hat heute hier übernachtet."
Sofort bemerkte Marco seine Unachtsamkeit bei dieser Antwort. Aber er dachte sich auch, nun sei es raus, mal abwarten, wie sie auf diese Antwort reagieren würde.
„Hier übernachtet? Wo denn ...?" Claudia war arg verwundert. „Hier ist doch nirgendwo etwas zum Übernachten. Auf dieser Couch würde nicht einmal eine Ratte schlafen, geschweige denn ein Mensch. Also, wo hat er denn übernachtet?"

„Das geht dich nichts an!" Marco dachte sich in diesem Augenblick nur noch: „Augen zu und durch."
Claudia war sprachlos. Sie schaltete sofort. Es blieb nur eine Möglichkeit, und sie kannte Marco gut genug, um sein momentanes Verhalten zu deuten. Es war vorbei. Ihre Beziehung war beendet. Sie verstand nur noch nicht wirklich, an wen sie Marco verloren hatte. Sie hatte noch keine Ahnung, was es bedeutete, dass Kai in seinem Bett, mit ihm zusammen die Nacht verbracht hatte. Aber sie kannte Marcos Blick. Seine Augen verrieten ihr, dass es nicht einfach nur ein Freund war, dem er eine Nacht lang Unterschlupf gewährt hatte. Er hatte diesen Blick bislang erst einmal gezeigt. Es war der Moment gewesen, als sie am Morgen nach ihrer ersten gemeinsamen Nacht aus seinem Bett stieg.

Claudia stand auf, sah Marco an, der sich in der Zwischenzeit gesetzt hatte. Sie senkte ihren Blick und ging wortlos zur Tür.
„Lass bitte die Schlüssel hier ...", sagte Marco leise, „... es ist vorbei."

Sie hatte die Wohnungstür gerade weit geöffnet, und eine Frau in mittleren Jahren hetzte auf dem Flur vorbei, als diese Worte Claudia nicht unerwartet erreichten, aber dennoch tief trafen. Sie hielt kurz inne, nahm den Schlüssel aus ihrer Jackentasche, sah ihn sich noch einmal an und ließ ihn dann, ohne sich noch einmal zu Marco umzudrehen, auf den Boden fallen.
„Du bist ein Schwein!", entfuhr es ihr leise.
Als sie dann ging, ließ sie die Tür leise ins Schloss gleiten.

Marco sah von seinem Fenster aus zu, wie Claudia über die Straße ging und hinter der nächsten Ecke verschwand. Sie zeigte keinerlei Emotionen. Sie war nicht die Art Frau, die sich in Depressionen stürzte, nur weil ihre Beziehung in die Brüche gegangen war. Sie nahm sich vor, erst einmal in Ruhe den Arbeitstag hinter sich zu bringen, und sie wollte sich dann am Abend, zu Hause, in Ruhe über das Gesagte an diesem Morgen Gedanken machen. Auch darüber, dass sie ihren Freund an einen anderen Mann verloren hatte. Davon war sie überzeugt.

Marco hob den Schlüssel vom Boden auf, und er war über sich selber verärgert. Er hätte sich dieses Gespräch gerne erspart. Und hätte er den Schlüssel nicht vergessen, wäre es zu diesem Gespräch auch nie gekommen. Er hatte sich im Laufe der Zeit dazu entschlossen, die Beziehung zu Claudia einfach einschlafen zu lassen. Vielleicht hätte er sich, wenn es mit Kai schief gegangen wäre, wieder bei ihr gemeldet. Er wusste es nicht genau. Schließlich hatte er sie sehr geliebt. Aber nun war erst einmal das Neue dran. Er wollte ausprobieren, seinen Spaß haben.

Die Reaktion von Kai war zwiespältig, als Marco ihm von diesem morgendlichen Vorfall erzählte.
„Ich habe heute mit Claudia Schluss gemacht", erzählte Marco mit einem gewissen Stolz. „Weißt du, sie kam heute morgen bei mir hereingeplatzt, weil ich einen Schlüssel an einem Versteck vergessen hatte. Und sie hat auch dich gesehen."
Kai war verunsichert. „Was heißt, sie hat mich gesehen?"
„Sie kam gerade, als du gegangen warst, und du bist ihr nur aufgefallen, weil dieses blöde Hemd noch nach mir gerochen hat." Marco lächelte und streichelte das Hemd,

das Kai noch immer trug. Kai stoppte Marcos Hand, als sie zu seinem Kopf wanderte.

„Wie hat sie reagiert?", fragte Kai.

„Eigentlich gar nicht", meinte Marco. „Sie ging einfach."

„Mit oder ohne Schlüssel?"

„Ohne natürlich." Marco versuchte erneut, Kai am Kopf zu streicheln. „Jedenfalls ist das Versteckspiel jetzt vorbei", meinte er. „Ich will mit dir zusammen sein, und es ist mir auch egal, was andere dazu sagen."

Kai erschrak bei dem Gedanken, diese Beziehung öffentlich zu machen. Bei dem Gedanken, seine Eltern würden herausfinden, dass er eine Beziehung zu einem anderen Mann hatte, während diese sich innerlich schon darauf eingestellt hatten, Großeltern zu werden. Er erschrak auch davor, wie er es denn nun Andrea beibringen sollte. Früher oder später würde er auch ihr begegnen. Er konnte sich nicht ewig davor drücken. Kai fühlte sich gar nicht wohl bei dem Gedanken, und so sah er auch nicht wirklich glücklich aus, als Marco ihn streichelte.

Doch allen Zweifeln, aller Unbehaglichkeit zum Trotz, er liebte Marco und wollte ihn auf keinen Fall verlieren. Er fühlte sich so sehr bei ihm geborgen, wie er es vorher noch nie gefühlt hatte, und so schob er alles Minute für Minute und Stunde für Stunde vor sich her. Tag für Tag.

„Ich muss langsam die Wohnung wieder auf Vordermann bringen. Meine Eltern kommen am Wochenende aus dem Urlaub zurück."

Marco nickte.

„Das bedeutet aber auch ...", fuhr Kai fort, „dass wir hier nichts mehr machen können."

„Und warum nicht?"

Kai wurde nun sichtlich nachdenklich, und Marco bemerkte es.

„Meine Eltern wissen nichts davon, und sie sollen es auch nicht erfahren. Ich bin noch nicht so weit.“

„Wie ...“, Marco stockte, „wie meinst du das: du bist noch nicht so weit.“

„Herrgott, ich kann ihnen nicht sagen, dass ich eine Beziehung mit dir habe. Ich kann ihnen nicht sagen, dass ich schwul bin.“

„Wieso schwul? Vielleicht bist du es nicht. Du probierst nur etwas Neues aus. Das ist doch heutzutage kein Problem mehr. Es ist 'in', es auf beiden Seiten zu tun.“

Kai erschrak und stieß Marcos Hand von sich.

„Soll das heißen, dass du mich nur ausprobierst? Wie siehst du unsere Beziehung eigentlich? Ist es für dich nur ein Spaß, weil es etwas Neues für dich ist?“

„Nun sei doch nicht gleich eingeschnappt! Nein, ich probiere dich nicht aus, wie du es nennst. Aber ich gebe zu, dass es etwas Neues ist und dadurch ungleich interessanter. Ich finde es gut und möchte es so, aber deswegen renne ich nicht gleich los und will die Heirat für Schwule durchsetzen.“

„Rede doch nicht so einen Müll! Ich will, dass du unsere Beziehung ernster nimmst.“

Marco reagierte ärgerlich darauf, wie Kai ihn in die Ecke treiben wollte.

„Was heißt das: ‚ernster‘? Was willst du denn noch? Wir sind doch schon täglich zusammen, wir gehen täglich ins Bett. Ich bin fast nur noch mit dir zusammen und vernachlässige meine ganzen anderen Freunde, nur weil du mich am liebsten für dich alleine haben willst.“

Marco stand auf und ging nervös durchs Zimmer. „Ich kann das so nicht. Du musst mir etwas Platz zum Atmen lassen. Ich brauche meine Freiheit.“

„Entschuldige bitte“, sagte Kai. „Ich will dich nicht einengen. Ich will dich nur nicht verlieren.“

„Keine Angst, du verlierst mich nicht. Wir kennen uns doch erst wenige Wochen." Marco beugte sich wieder zu Kai herunter und gab ihm einen Kuss. „Wir sehen uns dann morgen. Ich geh'. Ich muss noch etwas vorbereiten, für morgen."

„In Ordnung", sagte Kai leise. Er war betrübt, als Marco ging. Der Abend war noch so jung, und Marco ging schon.

Später wurde ihm dann bewusst, dass sie an diesem Abend so etwas ähnliches hatten wie ihren ersten Streit. Und dass sie jeden Tag miteinander ins Bett gingen, stimmte auch nur bis zu diesem Zeitpunkt. Denn an diesem Tag taten sie es nicht. Und auch diese Tatsache verstärkte zusätzlich seine Unsicherheit.

Kai dachte noch einige Zeit nach und bemerkte dabei nicht, wie schnell die Zeit voranschritt. Stunden, nachdem Marco gegangen war, klingelte es an der Tür, und es sollte noch nicht sein letzter Streit für diesen Abend sein.

„Oh, Gott!", entfuhr es ihm erschrocken, als er Andrea die Tür öffnete.

Sofort schossen ihr die Tränen in die Augen. „So weit ist es also schon gekommen." Sie versuchte vergeblich, sich zu fangen. „Du gehst mir aus dem Weg, und wenn wir uns jetzt sehen, erschrickst du und ... das ist zu viel." Hemmungslos heulte sie an der Türschwelle.

Kai stand ratlos an der Tür, unfähig irgendein beruhigendes Wort herauszubringen. Er konnte sie nicht einmal beleidigen oder ihr auf den Kopf zu sagen, dass es vorbei war.

Andrea hoffte vergeblich, dass Kai etwas sagen würde, und da sie befürchtete, völlig die Fassung zu verlieren, flüchtete sie den Hausflur entlang zur Straße. Kai folgte ihr.

„Bitte lauf jetzt nicht weg."

„Was hat es noch für einen Sinn!", schrie sie.

„Ich will mit dir reden. Bitte, Andrea, komm zurück!" Die Art, wie Andrea weinte, war wie tausend Messerstiche für ihn.

„Ich kann das nicht ..." Andrea verlor vor Schmerz fast ihre Stimme. „Oh, Gott ... es tut so weh ...!"

Kai holte sie noch auf dem Flur ein und nahm sie in den Arm. „Bitte, Andrea, komm rein ... es ist doch gut ..."

„Oh nein ...", weinte sie, „... es ist nicht gut."

Er schloss die Tür, und sie setzten sich ins Wohnzimmer auf die Couch.

„Ich hatte mich fast damit abgefunden, dass es vorbei ist", schluchzte sie. „Aber ich dachte nicht, dass es so weh tut, wenn ich es in deinen Augen sehe."

„Es tut mir leid, ich konnte nicht wissen, dass so etwas passiert."

„Was konntest du nicht wissen, wir waren doch so glücklich, verdammt nochmal, wir haben uns doch geliebt, wieso ist es auf einmal vorbei?"

Kai zuckte mit den Schultern und hatte auf ihre Fragen keine logische Antwort.

„Wir hatten doch noch nicht mal einen Streit, und es ist trotzdem vorbei", meinte sie resigniert. „Wieso habe ich dich verloren?"

„Ich kann es dir nicht erklären ..." Kai suchte verzweifelt nach den richtigen Worten. „... aber es ist einfach etwas passiert."

Langsam erlangte Andrea ihre Fassung wieder. „Was ist denn nur passiert, sag es mir! Du hast ja keine Ahnung, wie weh es tut, zu wissen, dich verloren zu haben, aber den Grund nicht zu kennen. Ich war nicht mehr ich selbst. Ich ... ich bin ..."

Kai hörte ihr nicht mehr richtig zu. „Ich habe etwas gefunden", sagte er. „Etwas, was ich bisher noch nie gespürt hatte. Aber ich wusste, dass mir etwas gefehlt."

„Was ... was ist es?", fragte Andrea ruhig.

„Geborgenheit."

Andrea lachte verständnislos. „Geborgenheit? Konnte ich sie dir nicht geben?"

„Es geht nicht darum, ob du sie mir nicht geben konntest. Du konntest es oder hast zumindest versucht, sie mir zu geben, aber ich konnte mit der Geborgenheit von dir nichts anfangen. Es geht darum, von wem ich die Geborgenheit brauche."

„Und was für eine Frau ist es, die dir die Geborgenheit geben kann, die du brauchst?"

„Das ist es ja Andrea. Es ist keine Frau."

Andrea stockte der Atem.

„Du ... du hast mich wegen eines anderen Typen verlassen?"

Andrea schien weniger geschockt, als Kai es erwartet hatte.

„Ich kann es mir selber nicht erklären, Andrea."

„Ich aber!", stieß sie hervor und schlug ihm mit ganzer Wucht ins Gesicht.

Völlig unvermutet traf sie ihn, und er sackte in die Couch, während sie aufsprang. Ohne weiter reagieren zu können, fasste er sich an sein Kinn und bemerkte dabei, dass er leicht aus dem Mundwinkel blutete. Die Zornesröte stieg ihr ins Gesicht, und sie schrie ihn an.

„Verrecke doch, du verschissener Scheißkerl!"

Sie riss die Wohnungstür auf.

„Du ekelst mich noch mehr an als die Scheiße auf dem Bahnhofsklo!"

Einige Gläser klirrten in der Glasvitrine aufgrund ihrer Schreie, und als sie die Tür zuschlug, fiel eines der Bilder von der Wand. Es war offensichtlich, dass sie verstimmt war.

Kai saß noch einige Zeit einfach nur da und schwieg den stummen Fernseher an. Irgendwann hatte er eine Flasche Whiskey in der Hand und begann sie Schluck für Schluck auszutrinken. Er schwieg, und der Fernseher tat es ihm nach. Nach ein paar Stunden roch er den Alkohol nicht mehr, und er schmeckte ihn auch nicht. Zu diesem Zeitpunkt goss er ihn die Kehle hinunter, wie Wasser.
Er dachte in dieser Situation nicht einmal besonders nach. Weder trauerte er Andrea hinterher, noch machte er sich Gedanken, ob Marco vielleicht das Richtige für ihn war oder ob es ein Fehler war, sich mit einem Mann einzulassen. Genau genommen, war er nicht mehr in der Lage, auch nur einen klaren Gedanken zu fassen.

Gegen vier Uhr nachts stellte Kai dann fest, dass er keinen einzigen Tropfen mehr in der Flasche hatte. Er konnte nach wie vor keinen klaren Gedanken fassen, und so verschwendete er keinen Gedanken daran, dass die Flasche vor wenigen Stunden noch ungeöffnet war. So entschloss er sich, eine neue Flasche zu holen. Als er aufzustehen versuchte, wurde ihm schwarz vor Augen, und er fiel in den dringend benötigten Schlaf.

Den Tag danach brachte Kai mehr schlecht als recht hinter sich, und er hatte auch seine Verabredung mit Marco abgesagt. Er fühlte sich einfach nicht in der Lage dazu, Marco zu sehen. Er fühlte sich nicht in der Lage dazu, irgendjemanden zu sehen. Die Nachwirkungen, die der Alkohol heraufbeschworen hatte, waren einfach zu gewaltig. Auch die folgenden Tage liefen an Kai nur so vorüber. Er traf sich zwar wieder mit Marco, und sogar die Wohnung seiner Eltern hatte er wieder hergerichtet. Gerade rechtzeitig für die Rückkehr der beiden aus ihrem Urlaub.

Kai war sich nicht ganz sicher, ob es noch an dem Alkohol liegen konnte, aber er fühlte sich seltsam ausgeschlossen von dem, was um ihn herum in diesen Tagen geschah. In etwa, als säße er in einem Glaskasten, aus dem er alles beobachten konnte, aber ohne in der Lage dazu zu sein, den Glaskasten zu verlassen, um mit der Umwelt Kontakt aufzunehmen.

So fühlte er nur wenig in den Momenten, in denen er mit Marco zusammen war. An Andrea dachte er schon gar nicht. Auch der Moment der Rückkehr seiner Eltern aus dem Urlaub berührte ihn nicht im Geringsten. An jenem Abend flüchtete er zu Marco.

Es war für ihn eine wirkliche Flucht. Er konnte in dieser Verfassung die ganze herrliche Harmonie seiner Eltern nicht ertragen. Sie kamen so ausgeruht aus dem Urlaub. Wie klein war die Welt, und wie unbarmherzig konnten andere Menschen eine solch große Harmonie erleben, wenn es ihm so schlecht ging. Er konnte und wollte keine Urlaubsgeschichten hören. Lieber schwieg er sich mit Marco beim Fernsehen an.

Wie ähnlich sie sich waren, und doch so unterschiedlich. Sie erlebten beide den Bruch mit ihrer Vergangenheit. Bloß verkraftete Marco es besser als Kai. Er hatte Claudia einmal geliebt, aber was interessierte ihn jetzt noch die Vergangenheit?

Acht

Das Leben nahm unbarmherzig seinen Lauf, die Zeit rannte davon. Kai konnte nichts anderes tun, als so gut wie möglich mit der Situation zu leben. Je mehr Tage vergingen, um so mehr entfernte er sich von der unschönen Trennung von Andrea. Er verbannte diese Erinnerung so weit wie möglich in den Hintergrund. Sie wurde totgeschwiegen.

Kais Mutter sortierte gerade die Frühstücksbrote für die Familie, als gegen 6 Uhr 50 der Wetterbericht einen weiteren schönen Tag ankündigte. Kai kam etwas verschlafen, aber gehetzt in die Küche gestürmt.
„Morgen ...“
„Morgen, Kai. Möchtest du Kaffee?“
„Nur ein bisschen, ich bin spät dran.“
Er warf sich die Jacke über und schlüpfte in seine Schuhe.
„Sei vorsichtig, der Kaffee ist heiß.“
Es nützte nichts. Kai verbrannte sich leicht die Lippen.
„Sag mal ...“, begann seine Mutter zögerlich, „... wir haben Andrea noch gar nicht wiedergesehen. Ist irgendwas?“
„Nein ... es ist nichts“, meinte Kai.

„Also bitte! Wir sind jetzt zwei Wochen wieder da, und sie war nicht einmal hier. Irgendwas ist doch."

„Ich möchte nicht darüber sprechen!" Kai hetzte aus der Wohnung. Unbedingt wollte er weiteren Fragen entfliehen. Er dachte weiterhin nicht daran, seine Eltern einzuweihen. Und das, obwohl er wusste, dass er es nur vor sich herschob, aber nicht darum herum kommen würde. Bislang gab es noch niemanden, dem er es hätte sagen wollen. Er versuchte, so unauffällig wie möglich zu bleiben.

Intimitäten mit Marco ließ er nur zu, wenn sie alleine waren. Und alleine waren sie nur, wenn sie in Marcos Wohnung waren.

Marco reichte dies nicht. Langsam begann er zu fordern, dass Kai sich endlich zu ihm bekennen sollte. Er selber tat es schließlich auch. Zumindest verheimlichte er es nicht. Marco erzählte es zwar nicht herum, aber wenn es denn jemand herausfand, war es ihm auch egal.

Er sah es nicht so verbissen. Für ihn war die Beziehung nicht so besonders, wie Kai es für sich empfand. Überhaupt hatten für Marco, seit seiner Beziehung zu Kai, die Beziehungen an sich an Wert verloren. Beziehungen sah er nun eher als Spaß. Etwas, was man erleben sollte, und wenn man es erlebte, sollte es genossen werden. Aber mehr auch nicht. Er erlebte Kais Unentschlossenheit als Halbherzigkeit. Er konnte es nicht nachvollziehen, und er verstand es auch nicht. Er konnte Kais Gedankengänge nicht teilen, und er wollte es nicht. Es war ihm nicht wichtig genug. Im Moment hatte Marco noch genug Spaß mit Kai. Sollte dieser allerdings darunter leiden, dass Kai zu unentschlossen war, würde er es nicht mehr hinnehmen.

Andrea sonderte sich zu Hause ab. Sie vermied jeden Kontakt zu ihren Eltern. Es schmerzte noch immer. Nie hatte sie so viel Gefühle in eine Beziehung investiert. Nie hatte sie so viel für jemanden empfunden. Sie wollte ihren Schmerz nicht mit ihren Eltern teilen. Wie hätten sie es auch können? Sie waren nicht ihre Generation. Sie konnten sich unmöglich in ihre Gefühle hineinversetzen, sie konnten diese Gefühle nicht kennen, sie waren alt.

Zu diesem Zeitpunkt waren es ihre Freundin Birgit und ihr Bruder Michael, die sie über Wasser hielten. Sie waren es, die sie zwangen weiterzuleben. Einfach weiterzugehen, den Schmerz durch das Erleben hinter sich zu bringen.
Birgit opferte in diesen Tagen sehr viel für diese Freundschaft, und Andrea bemerkte es. Sie beschlich der Hauch eines schlechten Gewissens, erinnerte sie sich doch daran, wie sie Birgit beschimpft hatte.

„Ralf hat mir gestern gesagt, ich könne mich wieder melden, wenn ich die Zeit hätte", sagte Birgit.
„Passte ihm wohl nicht, dass wir momentan so oft zusammen sind", meinte Andrea.
„Ist sicherlich auch besser so. So hat er wenigstens mal wieder Zeit, sich mit seinen alten Freunden zu treffen. Und er kann wieder seine intellektuellen Gespräche führen. Das hat ihm sicherlich die letzte Zeit gefehlt."
Birgit wirkte nachdenklich.
„Meinst du, er ist mit dir nicht glücklich?"
„Das ist es nicht. Ich frage mich nur manchmal, ob der Altersunterschied nicht doch zu groß ist."
„Jetzt fang du nicht auch noch an zu zweifeln, Birgit. Es reicht, dass meine Beziehung kaputt ist."

Für Minuten im Gespräch war es so, als würde Andrea Leben eingehaucht werden. Doch sobald sie wieder an Kai dachte, fühlte sie sich unendlich leer, spürte die Ohnmacht, die sie nicht freigab. Andrea brach das Gespräch ab.
„Tut mir leid, Birgit, ich muss jetzt gehen."
Birgit konnte nicht einmal reagieren, so schnell machte Andrea sich auf. Sie schlürfte hektisch ihren Rest Kaffee hinunter und wollte Andrea folgen. Doch als sie ihre Tasse wieder abgestellt hatte, konnte sie Andrea bereits nicht mehr sehen.

Andrea blieb einige Straßenecken entfernt in einer Gasse stehen. Sie konnte nicht verhindern, dass ihr die Tränen über die Wange liefen. Sie spürte die Tränen kommen und wollte es Birgit nicht schon wieder zumuten, ihr beim weinen zuzusehen. Es dauerte einige Minuten, bis Andrea sich wieder gefangen hatte und die Spuren aus ihrem Gesicht entfernt waren. Langsam machte sie sich wieder auf den Weg.
Andrea war einige Zeit unterwegs und bemerkte nicht, dass es bereits dunkel wurde, als sie zu Hause ankam. Erschöpft schlich sie zur Haustür.
„Man sieht dir an, dass du geweint hast", sagte eine Stimme aus der Dunkelheit.
„Oh, Michael, was machst du hier?" Andrea erschrak und war erleichtert, als sie die Stimme ihres Bruders erkannte.
„Du hörtest dich gestern am Telefon gar nicht gut an", sagte er besorgt. „Ich wollte wissen, wie es dir geht, aber du warst nicht da."
„Hast du irgendetwas da drinnen gesagt?" Andrea sah ihren Bruder besorgt an.
„Nein, keine Angst! Sie wissen nichts. Wie üblich."

„Oh, ... gut." Andrea war erleichtert. „Warum bist du hier draußen?"

„Ach, du weißt doch ...", meinte Michael, „... ich hab mit ihnen nicht so viel zu bereden, da hab ich hier draußen gewartet. Ist ja nicht kalt."

Andrea überlegte kurz. „Lass uns etwas herumgehen.", meinte sie und hakte sich bei ihrem Bruder unter.

Zunächst sagten sie beide nichts. Es genügte ihnen, nebeneinander herzugehen. Sie genossen die Stille und rochen die feuchte Abendluft, die sich langsam über sie legte.

„Ich komme einfach nicht darüber hinweg, Michael.", begann Andrea zögerlich. „Ich weiß einfach nicht, wie ich damit umgehen soll. Er fehlt mir."

„Fühlst du dich noch kein bisschen besser?", fragte Michael.

„Nein! Es will einfach nicht aufhören."

„Wie lange ist es jetzt her?"

„Drei Wochen ..." Andrea atmete tief. „Das Schlimmste ist, wenn ich von Birgit höre, wie sie sich mit ihrem Freund gestritten hat. Sie kann sich wenigstens streiten. Ich kann mich noch nicht einmal streiten. Dazu fehlt mir der Freund."

„Ich verstehe auch noch nicht so richtig, wie es passiert ist", meinte Michael.

„Ich weiß es auch nicht. Für mich war diese Beziehung wie eine Erfüllung, und ich hatte nie den Eindruck, dass es für Kai nicht so war. Und dann erfahre ich, dass er jetzt mit einem Typen zusammen ist, was ich überhaupt nicht verstehen kann." Fragend sah sie ihren Bruder an.

„Mich darfst du nicht fragen ...", wehrte Michael ab, „Ich habe davon nun überhaupt keine Ahnung! - Hast du ihn eigentlich seitdem wiedergesehen?"

„Nein ... und ich weiß auch nicht, ob ich es verkraften würde. Ich muss für mich allein versuchen, damit zurechtzukommen. Das wird schwer genug. Vielleicht will ich ihn noch einmal sehen, wenn ich einigermaßen darüber hinweg bin.“

Sie gingen noch einige Zeit um die Häuserblöcke herum, bis sie auf einmal wieder vor der Haustür standen. Mittlerweile war es gänzlich dunkel geworden, und es fuhren nur noch vereinzelt einige Wagen durch die Straße.

„Es war schön, mit dir zu reden“, sagte Andrea und nahm ihren Bruder in den Arm.

„Du weißt, ich bin immer für dich da, wenn du mich brauchst.“

„Ja, das weiß ich.“

„Ruf mich an, O.K.?“ Michael sah seine Schwester besorgt an.

„Mach ich ...“

Michael winkte ihr nach, als sie im Hausflur verschwand. Er registrierte mit Besorgnis, dass sie immer noch nicht in der Lage war, die Trennung wirklich verarbeiten zu können. Sie war nie diejenige, die fest mit beiden Beinen auf dem Boden stand. Sie war immer unsicher gewesen, aber derart niedergeschlagen kannte er sie bisher nicht.

Andrea hatte ihren Kopf zwischen ihre Schultern sacken lassen, als sie die Wohnungstür öffnete und geradewegs in ihr Zimmer eilte.

„Andrea, Michael war hier ...“, rief ihre Mutter aus dem Wohnzimmer. Sie war nur halbherzig in ihrer Aufmerksamkeit für die laufende Fernsehsendung. Daher bemerkte sie sofort, dass Andrea die Wohnung betrat.

„Ich weiß, Mutter, ich habe ihn vor der Tür noch getroffen“, erwiderte Andrea.

Ihre Mutter konnte keine ihrer beliebten Fragen folgen lassen. Kurz nachdem sie Andreas Antwort gehört hatte, schlug deren Zimmertür ins Schloß.

Die Zeit rannte. Lange war es schon dunkel. Andrea saß auf ihrer Couch und sah aus dem Fenster. Sie konnte nur in unmittelbarer Nähe der Straßenlaterne die Umrisse der Umgebung erkennen. Sie dachte nach. Aus dem Wohnzimmer drangen immer noch die Laute aus jener fröhlichen Fernsehsendung zu ihr ins Zimmer, die ihre Eltern sich ansahen. Sie empfand es als Terror, als unmenschlich. Wie konnten Menschen lachen, wenn sie sich zur gleichen Zeit so elend fühlte? Es war fast Perversion. Menschen lachten, Menschen weinten. Beides so dicht bei einander und doch waren sie unendlich weit von einander, entfernt.

Kaum waren Marco und Kai wieder allein in Marcos Wohnung, wurde Kai wieder zutraulich. Er schmiegte sich an Marco und begann sofort damit, ihn zu streicheln. Er liebkoste ihn und verteilte Küsse auf Marcos Haut, die er nach und nach von den Kleidungsstücken befreite.
Marco empfand das Verhalten von Kai als nicht ehrlich genug. Er langweilte sich fast dabei, als Kai ihn so verwöhnte. Es störte ihn sehr, dass Kai gerade in dem Moment begann, als die Wohnungstür geschlossen war. Er wollte diese Isolation, die Kai für sie beide gewählt hatte, durchbrechen. Er wollte Kai dazu zwingen, in der Öffentlichkeit zu ihm zu stehen, auch wenn es vorerst nur eine schwule Öffentlichkeit sein sollte.
„Am Wochenende haben wir etwas vor", sagte Marco.
„So ...? Was denn ...?", fragte Kai.

„Ich habe mich mal schlau gemacht, wo wir mal hingehen könnten, ohne dass wir auffallen, wenn wir uns küssen."

Kai sah Marco überrascht an. Er war sich selbst nicht sicher, ob er überrascht war oder eher verunsichert. „Meinst du irgendetwas, wo nur Schwule sind?"

„Was heißt: ‚irgendetwas‘? Du bist gleich wieder so negativ! Das ist eine Disco, nichts weiter."

Kai blieb bei seiner Reserviertheit dem Vorschlag gegenüber. „Woher weißt du, wo Schwule hingehen?"

„Im Gegensatz zu dir, bin ich nicht zu feige, mich danach zu erkundigen. Ich finde es wichtig. Wenn wir schwul sind, können wir auch dort hingehen, wo alle anderen es auch sind. Was ist dabei?"

„Nichts ...! Ich hatte nur noch nie daran gedacht, in eine schwule Disco zu gehen." Kai versuchte, sich an den Gedanken zu gewöhnen. Es gelang ihm nur schwerlich. Er hatte Angst, und er wollte seine Gefühle für Marco nicht vor anderen Menschen zeigen.

Der Abend schritt voran, und sie blieben noch einige Stunden zusammen. Sie liebten sich, und danach genossen sie die Entspanntheit, die sie erfüllte, und die Ruhe, die sie umgab.

Im Hause seiner Eltern wurde Kai ein seltener Gast. Er hatte noch immer sein Zimmer dort, und er übernachtete auch nahezu jede Nacht dort, aber er bemühte sich, seinen Eltern so gut es ging aus dem Weg zu gehen. Auf keinen Fall wollte er sich auf eine Fragestunde über Andrea einlassen. Sicher gab es die Möglichkeit, einfach zu verkünden, sie hätten sich getrennt, aber was sollte er auf folgende Fragen antworten?

Marco freute sich. Jener Abend war gekommen. Der Abend, an dem er und Kai zum ersten Mal in der Szene unterwegs sein würden. Er war gespannt darauf, was er erleben würde. Kai ging es anders. Nervös rutschte er auf der Couch hin und her, während er darauf wartete, dass Marco endlich fertig werden würde.

Es war regnerisch, und so war es doppelt gut, dass sie einen Parkplatz genau gegenüber der Disco gefunden hatten. Nach und nach versperrte ihnen der Regen, der auf die Windschutzscheibe fiel, die Sicht hinüber zum Eingang. Marco wollte sich voller Neugier und Tatendrang sofort in die neue Situation stürzen. Kai bremste ihn.
„Warte noch einen Augenblick“, sagte er.
„Was ist denn los?“, fragte Marco ungeduldig.
„Willst du wirklich da rein?“
„Ja, ich will. Und ich will, dass du mitkommst.“
„Ich weiß nicht, ob ich das kann.“ Kai sah mittlerweile ängstlich aus.
„Natürlich kannst du das.“ Marco versuchte, Kai zu beruhigen. „Du bist doch nicht allein. Ich bin doch auch da.“
„Die werden uns alle anstarren“, fürchtete Kai.
„Niemand dort drinnen wird dich oder mich anstarren. Wir sind dort nichts Besonderes. Die sind da alle so.“
„Sind wir so?“, fragte Kai verunsichert, als er sah, wie einige junge Männer Arm in Arm in der Tür verschwanden.
Marcos Ungeduld wandelte sich in Ärger. „Sind wir nicht so? Wir küssen wie sie, wir ficken wie sie!“
Kai war erschrocken. Wie konnte Marco es so herablassend sagen. Wie konnte er sich und ihn mit

denen auf eine Stufe stellen. Er war überzeugt davon, dass er nicht so war. Nur liebte er Marco eben.

„Selbst wenn wir nicht so sind ...“, Marco versuchte Kai zu überzeugen, „... wenn wir nicht hineingehen und es ausprobieren, ob wir dort drinnen Spaß haben und uns amüsieren können, werden wir es nie herausfinden.“

Unter diesem Gesichtspunkt ließ Kai sich überreden. Er fasste den Mut, sich in die Gesellschaft von Schwulen zu begeben. Ihre Nähe zu spüren, ihre Gespräche mitzubekommen und ihre Blicke über sich ergehen zu lassen. Er fasste den Mut, um es für sich herauszufinden, ob er so war oder aus welchem Grund er Marco sonst liebte.

Und Marco war erleichtert. Endlich konnte er es ausprobieren. Er wollte die Gesellschaft von schwulen Männern. Er wollte die Atmosphäre aufsaugen. Er wollte eintauchen in das schwule Leben, das er schließlich noch nicht kannte. Er war überzeugt, es konnte nicht nur an Kai liegen, dass er in ihn verliebt war.

War er es? Oder war er in die Homosexualität verliebt, in das Neue, das er bisher noch nicht kannte?

Beiden schlug das Herz schneller. Marco aus Aufregung und Kai aus Unsicherheit. Als sie durch den dunklen, schmalen Eingang hineingingen, versuchte Kai, sich vorzustellen, wie es sein würde, die Blicke der Männer auf sich zu spüren, bis sie ihn tatsächlich trafen. Er stellte überrascht fest, dass es ihm nicht weh tat, wie ihn die Blicke trafen. Er fühlte sich nicht einmal weiter verunsichert, als er bemerkte, wie er gemustert wurde. Sicher starrten ihn nicht alle an, es waren nur wenige überhaupt, die herübersahen.

Marco hingegen lächelte. Er fühlte in diesem Moment nichts Definitives. Er hatte so viele Eindrücke zu verarbeiten, und dann war da auch noch seine Aufregung. Er musste seine Gefühle erst einmal ordnen, bevor er das schwule Leben wirklich bemerken konnte, in das er gerade eingetaucht war. Beide gingen an die Bar, um sich etwas zu trinken zu bestellen. Erst dabei begann Marco zu sehen, wie es aus nächster Nähe aussah, wenn Männer sich küssten und umarmten. Und sie taten es direkt neben ihm, als ob er gar nicht da war und es sah. Für sie war er vermutlich nicht einmal dort. Für sie war es nicht neu, sich unter Männern zu küssen. Für sie war es sicher noch nicht einmal neu, noch erheblich weiter zu gehen. Nur für Marco war es neu. Er hätte nur zu gern gewusst, was die beiden Männer in diesem Moment fühlten. Fühlten sie wirklich nur ihre Liebe? Er konnte sich nicht vorstellen, dass es für sie normal war, sich in der Gesellschaft von Männern zu küssen.

Kai wurde unterdessen etwas schüchterner. Dadurch, dass die Situation so neu für ihn war, konnte er sich nicht wirklich wohl in dieser Gesellschaft fühlen, obwohl er sich besser fühlte als in den Discos, in denen er bisher zu Gast gewesen war, wenn er mit Andrea unterwegs gewesen war. Zurückhaltend nippte er an seinem Bier, während Marco sich begeistert umsah. Marco spürte ein Kribbeln. Er wollte das auch tun. Er wollte auch, genauso wie die anderen, einen Mann in seinem Arm halten. Er wollte auch mit seinem Freund schmusen.

Langsam rückten sie einander näher. Unterstützt wurde dies durch die zunehmende Enge an der Bar. Die Disco wurde voller und immer mehr Leute drängten an die Bar. Die Nachbarn kamen näher. Als Kai zufällig von einem Arm angestoßen wurde, zuckte er zusammen und machte einen deutlichen Schritt zu Marco hin. Langsam legte

Marco seinen Arm um Kais Hüfte. Noch etwas unwohl ließ Kai es geschehen. Er dachte, jetzt müssten alle anderen Männer zu ihm sehen. Schließlich wurde er von einem Mann in den Arm genommen, der ihm immer näher kam. Nur war da niemand, der ihn ansah. Es schien niemanden zu interessieren, dass er von einem Mann in den Arm genommen wurde.

Marco war immer noch aufgeregt. Seine Aufregung wurde sogar noch stärker. Einen Mann das erste Mal in der Öffentlichkeit in den Arm zu nehmen und langsam an sich heranzuziehen: Es war nicht nur aufregend, sondern sogar anregend für ihn. Die Tatsache, seinen Freund im Arm zu haben, während so viele andere Männer um sie herum waren und sich nicht einmal dafür interessierten, fand er erotisch. Er drehte sich weiter zu Kai herum, um ihn spüren zu lassen, wie angeregt er nicht nur im Kopf war.

„Ich liebe dich", flüsterte er Kai leise ins Ohr und nahm ihn fest in seine Arme.

Nun nicht mehr ganz so verschüchtert, schmiegte Kai sich an Marco an. „Ich dich auch", sagte er leise.

„Siehst du, ist doch gar nicht so schlecht hier", meinte Marco.

„Du hast Recht. Ich habe mir umsonst Gedanken gemacht. Ich konnte mir nur nicht vorstellen, dass es so viele sind und dass hier alles so harmonisch ist. Niemand sieht den anderen an und rümpft die Nase, weil der schwul ist."

„Wie sollten sie auch, sie sind es alle selber." Marco streichelte Kai über den Kopf und sah ihn sinnlich an. Erst küsste er Kai auf die Stirn, bis auch der sich traute und sie sich küssten.

Die Zeit verging unbemerkt. Sie tranken noch einige Biere an der Bar und waren irgendwann in der Nacht dann zwischen so vielen anderen auf der Tanzfläche. Zu dieser Zeit spielte gerade romantisch ruhige Musik, und sie tanzten sanft zu der Melodie. Sie unterschieden sich von keinem der anderen Paare. Alle waren sich mehr oder weniger in die Arme gesunken und kuschelten zur Musik.

Es war der erste Abend für sie in einer schwulen Umgebung, und er war für sie beide erfolgreich. Sie konnten sich nun zumindest etwas besser mit ihrer Situation identifizieren, für sich selbst etwas mehr dazu stehen, schwul zu sein. Auch wenn Kai in dieser Hinsicht nur ganz zaghafte Schritte wagte. Nur bei Marco war das Eis wirklich gebrochen.
Die Tatsache, dass Marco sich so schnell mit seiner Homosexualität anfreundete, verunsicherte Kai noch etwas mehr. Langsam bekam er Angst, jenes wieder zu verlieren, was er gerade erst gefunden hatte. Seine Liebe zu Marco war ungebrochen, und er machte sich Sorgen, dass Marco sich mehr in die Homosexualität verliebte, als er in ihn verliebt war. Er versuchte, Marco stärker an sich zu binden, indem er versuchte, seinen Einklang mit der Homosexualität vorzutäuschen. So sah es zumindest aus, als würde Kai dazu stehen und es allen zeigen. Tatsächlich tat er es noch immer nur dann, wenn sie allein waren. Die einzigen Situationen, in denen er es außerdem tat, waren, wenn sie in der Menge anderer Schwuler untergingen. Er rang sich nun öfter dazu durch, mit Marco in die Szene zu gehen. Er tat es, um wenigstens in dieser Öffentlichkeit seinem Freund die gebührende Zärtlichkeit zu zeigen, ohne jedoch es der wirklichen Öffentlichkeit zu offenbaren. Aber er tat es

auch, um mit Marco mithalten zu können, ihn nicht zu verlieren.

Marco drängte danach, sich in die Szene zu mischen, und Kai hatte immer öfter Probleme, mithalten zu können. Marco kümmerte sich, wenn sie unter Schwulen waren, nicht gerade aufopfernd um Kai. Er war zu sehr damit beschäftigt, sich zu präsentieren.

Zu jener Zeit war es auch, als die Kollegen in Kais Firma aufmerksam wurden. Sie bemerkten immer häufiger, dass Kai mit den Gedanken abwesend war. Er hatte sonst immer ein freundliches Wort übrig gehabt, und so fiel es auf, dass er sich mehr und mehr zurückzog.

Kai konnte sich einfach nicht mehr auf mehrere Dinge gleichzeitig konzentrieren. Er hatte schwer daran zu kämpfen, seine momentane Entwicklung durchzustehen. Er war auf Marco fixiert. Er liebte ihn, und er hatte längst erkannt, dass er von Marco bekam, was er immer schon hatte haben wollen und von Andrea nicht bekommen konnte. Sicher tat es ihm Leid, dass er Andrea offenbar sehr verletzt hatte, aber darauf konnte und wollte er in dieser Situation keine Rücksicht nehmen. Er wollte einfach nur eine Beziehung zu diesem Typen haben, und das hatte es erforderlich gemacht, dass er auf schnellstem Wege seine Freundin los werden musste.

Immer wieder drängte Marco, in die Szene gehen zu wollen, und Kai zog mit. Während Marco sichtlich Spaß an den Nächten hatte, die sie sich um die Ohren schlugen, nippte Kai nur still in einer Ecke an seinem einen Getränk, das er sich allabendlich bestellte. Marco war so unaufmerksam diesbezüglich, dass er es einfach nicht bemerken konnte, dass Kai lieber mit ihm allein gewesen wäre. Mit ihm einfach nur im Bett kuscheln wollte, ohne sich ständig als Schwuler präsentieren zu müssen. Diese Zeit war nicht leicht für Kai.

Birgit begann sich ernsthafte Sorgen über Andrea zu machen. Nach nun schon wochenlanger Trennung war sie immer noch nicht in der Lage, Freude zu zeigen.
Lustlos schlenderten sie durch eine Einkaufspassage.
„... und dann hat Ralf mir noch die aufregende Geschichte seiner ehemaligen Kommilitonin erzählt."
Birgit brachte mit ihrer Stimmlage ihre Missgunst darüber zum Ausdruck.
Andrea hörte nicht wirklich zu. Sie brummte immer nur zustimmend, wenn sie dachte, es wäre zeitlich wieder einmal an der Reihe.
Eingehakt ließ sie sich von Birgit durch die Gegend ziehen. Am nächsten Levi's-Shop packte sie wieder die unendliche Einsamkeit. Erinnerte er sie doch zu sehr an die Filiale, in der sie immer mit Kai einkaufen gegangen war. In der sie die Hosen und Hemden anprobiert hatten, wo sie gelacht hatten, sich geküsst hatten und sich lachend in die Arme gefallen waren.
Unbemerkt kamen ihr die Tränen.
„Ich kann ihn nicht vergessen", sagte sie.
„Das musst du aber!"
Schlagartig gewann die Plauderei an Bedeutung und wurde ein ernsthaftes Gespräch.
„Die Sehnsucht macht dich kaputt, Andrea."
„Ach was ...", Andrea schüttelte uneinsichtig den Kopf, „... das tut sie nicht."
„Doch, das tut sie! Du merkst es bloß nicht ... oder du willst es nicht merken. Du ... du läufst nur noch herum wie dein eigener Schatten. Du hast keinen Spaß mehr, an rein gar nichts. Du lachst nicht mehr, Andrea."

Beschwörend sah sie ihre Freundin an. „Früher gab es nicht einen Tag, an dem du nicht gelacht hast."

„Es gibt nun einmal nicht mehr so viel zu lachen", meinte Andrea trotzig.

„Was heißt ‚nicht mehr viel zu lachen'? Mir kommt es vor, als wäre alle Freude verboten worden und alle Komödianten wären verreckt, so wie du dich benimmst."

„Vielleicht trifft das ja auf mich zu, Birgit! Hast du daran vielleicht mal gedacht? Du hast gut reden, du kommst dir sicher nicht ganz so verarscht vor wie ich. Die ganze Zeit hat er mir gesagt, dass es doch für ewig sei und wie sehr er mich doch liebte. Dass er mit mir zusammenleben wollte. Habe ich dir erzählt, dass er mir ernsthaft mal gezeigt hatte, welche Gardine er sich für unser künftiges Kinderzimmer vorstellen konnte? Weißt du, und dann plötzlich Hoppladihopp taucht da ein Kerl aus dem Nichts auf, und der lässt mich ohne ein Wort sitzen. Wie soll ich mir denn da vorkommen?"

Birgit war verwundert.

„Wenn du so wütend auf ihn bist, warum vermisst du ihn dann?"

„Herrgott, woher soll ich denn das wissen?!"

Neun

Es war noch recht früh an jenem Sonnabendmorgen, als es an Marcos Tür klingelte. Verschlafen stapfte er zur Tür, während Kai sich schlafend umdrehte.
„Was willst du hier?", fragte Marco ablehnend, nachdem er erkannt hatte, wer ihn in seinem Schlaf gestört hatte. Ein Besucher, der seltener nicht auftauchen konnte. Heiko, sein ebenso verhasster wie ihn hassender Bruder, hatte sich auf den Weg gemacht.
„Vater geht es schlecht", sagte Heiko, während er naserümpfend die Tür hinter sich schloss.
„Wann ging es ihm schon einmal nicht schlecht!" Marco zeigte keinerlei Mitleid. „Und rümpfe gefälligst nicht die Nase! Ich wohne in jedem Fall besser als ihr."

Mit dieser Feststellung hatte Marco durchaus Recht. Es gab nichts, wofür er sich hätte schämen müssen, außer vielleicht seine Vater.
Er konnte es sich leisten, so schlecht über seinen Vater zu denken. Nie hörte er ein gutes Wort oder ein Lob von ihm. Der häufigste Satz, den er von ihm gehört hatte, war „Hohle mir eine neue Flasche!", während sein Vater nach Bier stinkend auf seinem Sessel gesessen hatte. „Was soll ich denn noch alles tun, damit ihr mir wenigstens ab und zu mal etwas zu trinken bringt. Reicht es denn nicht, dass ich euch großziehe?!"

Typisch war es gewesen, dass in solchen Momenten ihre Mutter tief atmend in die Wohnung trat. In der linken Hand meistens die Tasche mit dem frischen Gemüse und in der anderen Hand die Tasche mit den neuen Bierflaschen für ihren Mann.

„Da bin ich Schatz, hallo, Kinder."

„Das wurde auch Zeit", hatte er meistens gebrummelt. „Die Kinder fingen schon wieder an zu nerven und das Bier ist alle. Wo warst du denn schon wieder so lange?"

Heiko hatte als Kind immer ganz dicht vor dem Fernseher gesessen und unbewusst vor- und zurückgewippt. Marco hatte sich während der Abwesenheit seiner Mutter verkrochen.

„Ich hab doch diesen neuen Job seit zwei Wochen. Das weißt du doch! Da gehe ich doch immer jeden Tag nach der Arbeit drei Stunden hin."

Zufrieden, dass sie endlich zu Hause war, hatte sie erschöpft gelächelt und das Gemüse auf dem Küchentisch verteilt.

„Hallo, Marco, da bist du ja", hatte sie freundlich gesagt, als sie ihn, wie immer, in der Küche entdeckt hatte wenn sie kam. Als er klein gewesen war, hatte er immer unter dem Küchentisch auf ihre Rückkehr gewartet. Konnte sein Vater ihn nicht sehen, konnte er nicht wütend werden. Später hatte er am Tisch gesessen und seine Hausaufgaben gemacht, er seine Bewerbungen geschrieben und für den Führerschein gelernt. Aber immer hatte er in der Küche auf sie gewartet. Denn egal wie erschöpft sie gewesen war, sie hatte immer ein Lächeln für ihren Sohn übrig gehabt.

Auch Heiko hatte darauf reagiert, wenn seine Mutter ihn freundlich beim Nachhausekommen begrüßt hatte. Er hatte vor dem Fernseher schneller hin- und hergewippt.

Ihr Mann hatte sich in der Regel gar nicht aufgeregt. Höchstens hatte er sich manchmal zu einem Satz verleiten lassen: „Gib mir mein Bier!"

Marco ließ Heiko nur widerwillig in seine Wohnung und hoffte, dass er bald wieder gehen würde.
Heiko war seinem Vater sehr ähnlich. Er sah sich herablassend in der Wohnung um, während er zur Couch herüberging. Er selbst allerdings war im Begriff, eine ähnliche erfolgreiche Karriere einzuschlagen wie sein Vater.
„Also, was willst du hier?"
„Ich sagte doch, Vater geht es nicht gut."
„Prima, und ich meinte, das war nie anders. Also wo ist die Pointe?"
„Er muss ins Krankenhaus", sagte Heiko.
„Und ...?"
„Nun, es wäre doch schön, wenn er ein Einzelzimmer hätte und nicht mit den ganzen anderen Invaliden in einem Zimmer verbringen müsste."
„Das kann er nicht bezahlen", sagte Marco.
„Du kannst auch ruhig mal was für Vater tun!", forderte Heiko.
„Ich...?", fragte Marco empört. „Er hat nie etwas für mich getan! Gar nichts!"
„Er ist auch dein Vater."
„Ein Dreck ist er! Meiner Mutter, der danke ich. Jeden Tag!"
„Vater ist nicht schlecht! Du willst ihn nur nicht verstehen."
„So, war das alles?", fragte Marco ungeduldig. „Gut, dann kannst du jetzt wieder gehen." Sanft, aber energisch schob er seinen Bruder wieder zur Tür.

Aufgewacht von der Unterhaltung, kam Kai nur leicht bekleidet durch die Wohnung geschlurft. Zum ersten Mal sah er Marcos Bruder. Eine seltsame Spannung legte sich für Sekunden über sie. Heiko sah ihn erstaunt an.
„Bist du etwa schwul?", fragte Heiko seinen Bruder.
„Geht dich das was an?"
„Oh, Gott ..." Heiko lachte, „... Vater hatte immer Recht! Du bist ein Versager!"
Voller Verachtung schlug Marco die Tür hinter seinem Bruder zu. Kai stand noch immer etwas verdutzt mitten im Raum.
„Das war dein Bruder?"
„Ja, leider. Was für ein Arschloch, nicht wahr?"
Kai sah sich suchend um. Als er endlich eine Uhr gefunden hatte, staunte er nicht schlecht.
„Es ist noch nicht einmal zehn, was wollte er so früh hier?"
„Nichts von Bedeutung."
„Ich dachte, ihr könnt euch nicht ausstehen."
„Können wir auch nicht. Er wollte nur sicherstellen, dass wir es nicht vergessen", meinte Marco.
„Na schön ...", meinte Kai, „nun sind wir wach und haben noch nichts weiter vor. Wir könnten uns wieder ins Bett legen und einfach in den Tag hinein leben."
„Das könnten wir in der Tat", sagte Marco und stürzte sich auf Kai. Sie verloren das Gleichgewicht und fielen zurück aufs Bett. Sekunden sahen sie sich nur an, und Marco begann, Kai übers Haar zu streichen. Er dachte über seine Abenteuerlust nach und darüber, wie schön es war, Kai zu haben, der so für ihn fühlte und ihn so liebte, wie er war. Kai war ihm sehr wichtig geworden, und er fasste den Entschluss sich vorerst auf Kai zu konzentrieren und nicht nach Abenteuern zu jagen.

So verbrachten sie noch einige Zeit an diesem Sonnabend im Bett.

Die Nachricht, die Heiko seinen Eltern über die vermeintliche Homosexualität von Marco überbrachte, löste allgemeines Unverständnis aus. Bei seiner Mutter herrschte die Meinung vor, dass Marco schon wissen würde, was er tue, und dass es dann schon in Ordnung sei, wenn er denn glücklich sei. Aber da sie wusste, dass sie auch in diesem Fall mit ihrer Meinung alleine stand, behielt sie sie für sich.
Sein Vater bekam dagegen einen mittelschweren Tobsuchtsanfall, der in akuter Atemnot, asthmatischem Husten und Ohnmachtsanfällen gipfelte. Eine Situation, die in diesem Hause zwar keine Seltenheit war, aber mit zunehmender Verschlechterung des Gesundheitszustandes bedrohlicher für ihn wurde.
„Karl-Heinz, du musst dich unbedingt beruhigen!“ beschwor ihn seine Frau.
Heiko fächelte ihm unterdessen Luft zu. Nach wenigen Minuten war Karl-Heinz‘ Zustand wieder normal, und er ergab sich seinem Frust und seinem Ärger. Hatte er endlich einen Grund mehr, seinen Sohn zu verachten und sich in seiner Meinung über ihn bestätigt zu fühlen.

Einige Tage später machte sich Marcos Mutter auf, ihn zu besuchen. Heiko hatte Termine beim Sozialamt, zu erledigen und Karl-Heinz war am Vortag wegen der geplanten Operation ins Krankenhaus gekommen. Sie hatte Marco in der Firma angerufen und sich mit ihm für den späten Nachmittag verabredet.
Etwas verunsichert saßen sie sich beide in einem Lokal gegenüber.

„Ist es wahr, was Heiko über dich erzählt hat? Bist du mit einem Mann zusammen?“

„Ja, das ist war.“

„Aber hattest du nicht noch vor kurzem eine Freundin? Claudia hieß sie doch, oder?“

„Ja, Mutter, die hatte ich. Aber jetzt habe ich sie eben nicht mehr.“

„Das verstehe ich nicht. Wie kann es sich denn von heut auf morgen ändern?“ Sie versuchte, ihn zu verstehen, und versuchte, möglichst verständnisvoll und zurückhaltend zu fragen. Sie rutschte fast unruhig auf ihrem Stuhl hin und her und versuchte, ihre Unruhe dadurch zu verbergen, dass sie ihre Hände zwischen ihren Beinen einklemmte.

„Ich weiß nicht, wie es passierte“, sagte Marco leicht genervt. „Es ist eben so. Ich habe selber keine Erklärung dafür. Es ergab sich eben so.“ Marco zuckte mit den Schultern.

„Nun ja, Karl-Heinz hat sich jedenfalls wieder reichlich aufgeregt.“

„Er hat es gerade nötig.“

„Du weißt doch, wie er ist.“

„Und du weißt es auch! Ich verstehe nicht, wieso du immer noch bei ihm bist.“

„Wie soll ich ihn verlassen“, meinte sie resignierend. „Ich stehe doch mit nichts da.“

„Es würde dir besser gehen, Mutter, glaub es mir. Ohne ihn stündest du besser da. Du könntest wieder glücklich werden.“

„Tja ...“, sagte sie und sah auf die Uhr, „... jetzt wird er wohl gerade operiert.“

„Dann hast du ja wenigstens für ein paar Tage Ruhe.“

Seine Mutter lächelte und wechselte nach kurzer Pause wieder das Thema. „Marco, ich sehe dir an, dass du

glücklich bist. Und wenn du der Meinung bist, dass du es mit einem Mann werden willst, dann musst du es wohl tun. Ich kann nicht sagen, dass ich es wirklich verstehe, aber ich bin immer noch davon überzeugt, dass du für dich das Beste tust. Ich bitte dich nur, dass du keine Dummheiten machst. Und pass auf dich auf, hörst du?!“
„Das werde ich. Und das weißt du.“
„Ja das wirst du.“ Sie schob den Stuhl zurück und stand auf. „Ich frage mich bloß, warum du der Einzige in der Familie bist, der das tut.“
In gewisser Weise drückte ihr Gang ihre Leiden aus. Ihre Leiden mit einem tyrannischen und versagenden Mann und der Tatsache, dass sie nur einen Sohn hatte, der eine Zukunft vor sich hatte. Der andere, Heiko, zog gerade seine zweite Wartenummer auf dem Flur des Sozialamtes.

Fast wehmütig sah Marco seiner Mutter nach. Er bedauerte es schon seit Jahren, dass seine Mutter nicht den Mut fassen konnte, seinen Vater zu verlassen. Würde sie all ihr Geld, das sie verdiente, nur für sich behalten und nicht in die Alkoholsucht ihres Mannes stecken, dann würde sie sehr gut zurechtkommen. Aber vielleicht hatte sie einfach nur Angst, mit ihren vierundfünfzig Jahren noch einmal einen Neuanfang zu wagen.

Marco schloss Kai in seine Arme, als er von seinem Treffen mit seiner Mutter wiederkam. Kai hatte in Marcos Wohnung gewartet.
„Schön, dass du wieder da bist.“
„Schön, dass du gewartet hast.“
„Ich kann eben nicht so lange ohne dich leben“, sagte Kai mit einem Lächeln im Gesicht.

Marco kam dies allerdings nicht ganz so komisch vor, wie Kai es gesagt haben wollte. Er befürchtete, dass dahinter ein Funken Wahrheit steckte. Es fiel ihm durchaus auf, dass Kai nicht mehr allzu viele Dinge in seiner Freizeit allein unternahm.
In diesem Moment hatte dies aber keine Bedeutung für sie. Der Abend hatte noch nicht ganz sein Ende gefunden, und Marco ließ sich von Kais Reizen verführen. Erst als es wirklich spät war, trennten sie sich, und Kai ging nach Hause.

Als er zu Hause ankam, war kein Licht mehr in der Wohnung. Kai war erleichtert. Wieder hatte er einen Abend hinter sich gebracht, ohne Gefahr zu laufen, eine Diskussion mit seinen Eltern führen zu müssen.
Noch immer hatte er keinen Mut dazu, ihnen zu sagen, dass er sich von Andrea getrennt hatte. Sie mochten sie einfach zu sehr. Gleich vom ersten Moment hatten sie Andrea in ihr Herz geschlossen.
Noch weniger Mut allerdings hatte er, ihnen zu sagen, dass er mit Marco zusammen war. So schlich er sich durch die dunkle Wohnung in sein Zimmer. Um den Abend ruhig und entspannt ausklingen zu lassen, nahm er sich wieder seine Kopfhörer und begann, sich seine Lieblingsmusik anzuhören.

Auch das Licht in seinem Zimmer war aus. Nur eine kleine Leuchte bei seiner Stereoanlage brannte, damit er die Tasten der Fernbedienung noch erkennen konnte. Ganz in seine Musik versunken, bemerkte er nicht, wie seine Mutter an die Tür geklopft hatte und hereinkam, nachdem sie keine Reaktion erhalten hatte.
Beruhigt, dass er da war, und mit dem Blick einer Mutter ging sie langsam auf ihn zu. Da Kai sie immer noch nicht

bemerkt hatte, setzte sie sich neben ihn und sah ihm zu. Das Nicken des Kopfes zum Takt der Musik, der als dumpfes Stampfen aus dem Kopfhörer drang.

Minuten vergingen, bevor Kai bemerkt hatte, dass seine Mutter hereingekommen war. Etwas erschrocken, nahm er den Kopfhörer ab.

„Was machst du denn noch so spät hier?", fragte er.

„Ich mache mir Sorgen", meinte sie. „Du bist so schweigsam in letzter Zeit. Willst du nicht sagen, was los ist."

„Du brauchst dir keine Sorgen zu machen."

Er klang nicht sehr überzeugend, was daran lag, dass er selber nicht überzeugt war. Er spürte den großen Drang, sich seiner Mutter anzuvertrauen. Einfach nur, um nicht mehr allein damit zu stehen. Andererseits war es ihm unmöglich.

„Es gibt eigentlich nicht viel zu sagen."

„Das ist schade. Denn ich merke schon, dass dich irgend etwas beschäftigt."

„Ja schon, ich glaube aber, ich komme alleine damit klar."

„Gut ...", meinte seine Mutter. Sie war mit seiner Antwort zwar nicht zufrieden, aber sie hoffte, dass er wusste, was er tat. „... du weißt aber, dass du zu mir kommen kannst."

„Ja, ich weiß das. Und ich tue es auch, wenn es nötig ist."

Es lag eine nachdenkliche Stimmung in der Luft. Sie spürte, dass er Hilfe gebrauchen konnte, aber sie hatte keine Möglichkeit, zu ihm durchzudringen. Sie musste ohnmächtig zusehen, wie die Situation mit Kai umging.

Kai hingegen fühlte sich hin- und hergerissen zwischen Anvertrauen und Nicht- Anvertrauen.

Etwas hilflos schlug sie sich auf die Knie.

„Ich wünsche dir eine gute Nacht. Schlaf schön!" Ebenso hilflos stand sie auf und ging aus dem Zimmer.

„Du auch", sagte Kai und setzte sich seine Kopfhörer wieder auf.

Er hörte der Musik eigentlich nicht zu. Er hatte die Wiederholfunktion eingeschaltet und war in Gedanken versunken. Er dachte über sich und Marco nach. Darüber, was die vergangene Zeit für einen Einfluß auf ihn genommen hatte. Wie sie sein Leben verändert hatte und wie sie es wohl weiterhin noch tun würde. Er fühlte sich bei all der Veränderung nicht wohl. Er hatte fast schon Angst, was die Zeit noch so für ihn parat halten würde. Wie alles noch weitergehen sollte.

Er machte sich weiter seine Gedanken und hörte weiter seine Musik, noch lange nachdem seine Mutter wieder schlafen gegangen war.

Es war gegen drei Uhr morgens, als Marco durch das Klingeln seines Telefons aus dem Schlaf gerissen wurde. Er hatte Mühe, die Orientierung zu gewinnen und das Telefon zu finden. Nachdem es schon Minuten geklingelt hatte, hob er den Hörer ab.

„Ja ...", brummelte er.

Zunächst hörte er nur ein tiefes Atmen.

„Ich bin es ...", hörte er seine Mutter leise sagen.

„Was ist denn?"

„... Karl-Heinz hat die Operation nicht überstanden."

„Was heißt ‚Nicht überstanden'?"

„Ach, ... es gab irgendwelche Komplikationen ... Er hat's nicht geschafft. War ja auch kein Wunder, bei der Sauferei."

Es war mehr Ratlosigkeit als Trauer in ihrer Stimme. Einige Sekunden hörten sie sich gegenseitig beim Atmen zu.

„Wie geht's dir?", unterbrach Marco die Stille.

„Ach, ... es geht ... ich weiß noch nicht recht, was jetzt kommt."

„Ich komme vorbei. Bist du zu Hause?"

„Nein, Marco, du brauchst nicht zu kommen. Es geht mir gut. Weißt du, im Grunde hattest du ja Recht. Er war ein Tyrann. Es wird nur furchtbar still zu Hause sein, ohne ihn."

„Es wird aber auch besser sein", meinte Marco. Er meinte es keinesfalls zynisch. Es war sein Ernst. Für seine Mutter war er froh, dass sein Vater gestorben war. Sie würde es ohne ihn besser haben. Für ihn selber hatte es keine Bedeutung.

„Sag so etwas nicht", meinte sie.

„Entschuldige ..."

„Ach, was soll's ...", sagte sie, „... es wird noch genügend Ärger durch Heiko auf mich zukommen."

„Ruh dich aus, Mutter. Wir kümmern uns dann morgen gemeinsam um den Rest."

„Ja ...", sagte sie, „... ich glaube, das werde ich. Ausruhen ... schlafen gehen und ausruhen ... und morgen geht es dann weiter ..." Sie legte auf und schlief bald darauf ein.

Marco lag noch einige Zeit wach. Er konnte noch nicht glauben, dass sein Vater tot war. Wahrscheinlich gestorben, weil er sich durch den Alkohol seine sämtlichen Organe versaut hatte. Er wusste nicht, ob er lachen oder weinen sollte. Eigentlich hasste er seinen Vater für das, was er seiner Mutter angetan hatte. Aber er konnte nicht ignorieren, dass es sein Vater war, der gestorben war. Allerdings weinen konnte er nicht. Nicht einmal wirklich trauern.

An den folgenden Tagen sahen Marco und Kai sich nicht. Marco hatte genug mit den Beerdigungsformalitäten zu tun. Außerdem wollte er, so oft er konnte, für seine Mutter da sein. Schließlich musste sie sich erst einmal an die neu gewonnene Freiheit gewöhnen, wie er sich dachte. Gesagt hatte er es natürlich nicht.

Heiko kümmerte sich auch bei dieser Angelegenheit um nichts. Er war der Einzige, der wirklich trauerte. Er schloss sich tagelang in seinem Zimmer ein und ließ einfach die Zeit an sich vorüberziehen. Die Trauer, die ihn überwältigte, paarte sich mit Wut und Verzweiflung. Er hatte in seinem Vater ein Vorbild gesehen. Niemand würde jemals darauf kommen, was dies für ein Vorbild gewesen sein könnte, aber er war eins. Sein einziges Vorbild, sein einziger Halt war verschwunden. Was sollte er tun? Was folgte nun? Seine Mutter verstand ihn nicht, ebenso wie sie ihren Mann nie verstanden hatte, und sein Bruder hasste ihn. Gut, er Marco auch.

Auf der Beerdigung waren sie auch nur zu dritt. Es gab keine Verwandten, und Freunde hatte Karl-Heinz auch nicht gehabt. Wenn man sein Leben Revue passieren ließ, dann stellte man unweigerlich fest, dass er sich eigentlich jeden zum Feind gemacht hatte. War man zynisch genug, konnte man sogar sagen, er hatte sich den Alkohol zum Feind gemacht. Und zwar dermaßen, dass er zum Mörder wurde, weil auch er Karl-Heinz nicht mehr ertragen konnte.

In Marcos Augen gab es für diesen Mord mildernde Umstände wegen seelischer Grausamkeit.

„Wie geht es jetzt weiter?“, fragte Heiko. Er hatte ziemlich mit den Tränen zu kämpfen, als sie am Grab standen.

„Schlechter als bisher kann es nicht werden“, meinte Marco zynisch.

„Marco, bitte ...“ Seine Mutter forderte ihn zum Frieden auf. „Nun“, meinte sie dann zu Heiko, „wir werden

versuchen zurechtzukommen. Mit dem Unterschied, dass du dir eine Arbeit suchst, wenn du nicht Gefahr laufen möchtest, von mir auf die Straße gesetzt zu werden."
Heiko schluckte, sagte aber nichts.
Seine Mutter wandte sich vom Grab ab und ging. Marco konnte sich ein Grinsen nicht verkneifen, als er seinem Bruder in die Augen sah.
„Das hab ich sicher dir zu verdanken", sagte Heiko leise.
„Oh nein ... Weißt du, auch deine Faulheit musste mal bestraft werden. Aber ich war das nicht", sagte Marco. „Da ist Mutter ganz alleine drauf gekommen."

Mit langsamen Schritten folgten sie ihrer Mutter Richtung Ausgang.

Andrea hatte sich verändert. Sie war zerbrechlicher geworden. Sie wirkte verletzlicher. Immer häufiger suchte sie Halt bei ihrem Bruder oder bei Birgit. So sehr sie sich auch bemühte, oder zumindest der Meinung war, sich zu bemühen, es gelang ihr nicht. Immer, wenn sie dachte, sie hätte es überwunden, brach es wieder aus ihr hervor, und sie verging vor Schmerz.
Wieder saßen sie und ihr Bruder beisammen, tranken in einem netten Café einen Kaffee, vielleicht zwei.
Es war nicht notwendig, dass sie ununterbrochen redeten. Ihnen wären ohnehin nicht so viele Themen eingefallen. Schließlich hatten sie sich vor Andreas Trennung von Kai nicht gerade sehr häufig getroffen, geschweige denn ausführliche Gespräche geführt. Darauf kam es Andrea auch nicht an. Sie brauchte nur die Nähe einer Person, der sie vertraute. In dieser Zeit waren das nun einmal nur Birgit und ihr Bruder Michael. Sie musste nur spüren, dass jemand für sie da war. Das linderte ihre Schmerzen, die sie empfand, um ein Erhebliches.

Sie schlürften an dem viel zu heißen Kaffee und sahen sich in die Augen. Nur ab und zu sagten sie doch ein paar Belanglosigkeiten.

Kais Mutter war an diesem Nachmittag ebenfalls unterwegs. Einkäufe erledigen, einfach ein wenig bummeln gehen und die Zeit an sich vorüberziehen lassen. Einige Einkäufe hatte sie bereits gemacht, als sie sich, im gleichen Einkaufszentrum wie Andrea, fragte, ob sie nicht eine Kaffeepause einlegen sollte. Sie kam dann aber doch wieder von der Idee ab, als sie die Zeit bemerkte und feststellte, dass sie dem Abend deutlich entgegenschritt. So machte sie dann noch im Eingangsbereich des Cafés kehrt und ging wieder davon.
Sie ging geradewegs am Tisch von Michael und Andrea vorbei und bemerkte es noch nicht einmal. Konnte sie auch nicht. Sie hatte Michael nie kennen gelernt, und Andrea war sich gerade frisch machen.
Michael wartete ungeduldig auf seine Schwester. Sie war schon einige Minuten verschwunden, und er wusste, wenn sie wollte, konnte sie lange brauchen.
Kais Mutter konnte nun doch nicht so zügig nach Hause eilen, wie sie gehofft hatte. Sie hatte den Eingangsbereich immer noch nicht verlassen können und musste schon wieder innehalten. Ihre Tragetaschen schnürten sich mittlerweile doch recht schmerzhaft in ihre Hände.
Andrea schloss gerade die Tür zu den Serviceräumen und trat wieder in den Gastraum.
Kais Mutter blieb nichts anderes übrig, als die Taschen einen Moment auf den Boden zu stellen.
Erleichtert richtete sie sich wieder auf und reckte sich, ihren Rücken entlastend, in die Höhe.
„Möchten Sie einen Tisch?", fragte eine freundliche Bedienung.

„Nein danke, ich habe leider keine Zeit. Ich gehe wieder", entgegnete sie.

Die Bedienung lächelte und ging dann wieder. An einer weit austreibenden Palme, die den ohnehin nicht üppig breiten Gang verengte, wartete die freundliche Bedienung kurz und ließ Andrea passieren.

Kais Mutter sah sich flüchtig um und packte dann erneut ihre Taschen.

Andrea erschrak, als sie Kais Mutter erkannte.

„Ach, du Scheiße ...", murmelte sie leise.

Erst in diesem Moment erkannte auch Kais Mutter, dass ihr Blick gerade auf Andrea gefallen war.

Sie drehte sich um, um sich zu vergewissern, dass es Andrea war. Als sie sie tatsächlich erkannte, sah sie Andrea ungläubig an.

„Andrea ...?", fragte sie ebenso ungläubig, wie sie sie zuvor angesehen hatte.

Michael wusste noch nicht, auf wen Andrea da gestoßen war.

„Hallo, wie geht's ...?", fragte Andrea verunsichert und sah ihren Bruder verzweifelt an.

„Sag mal, wir haben uns ja eine Ewigkeit nicht mehr gesehen", sagte Kais Mutter. „Wie geht es dir?"

„Ach ...", drückte Andrea sich um die Antwort herum.

„Sag mal, was ist denn los? Aus Kai ist ja nichts herauszubekommen. Habt ihr euch etwa getrennt?"

Andrea fühlte sich sichtlich unwohl. Sie mochte nicht auf diese Fragen antworten. Ihr gingen so viele Fragen durch den Kopf. Vor ihr stand die Frau, die Mutter ihres Ex-Freundes, die ihr in der ganzen Zeit zu einer guten Freundin geworden war. Sie hoffte fast, durch sie etwas von Kai zu erfahren. Wie es ihm ging, oder wie er sich fühlte. Ob er vielleicht zu ihr zurück kommen wollte, oder was auch immer. Aber ganz bestimmt wollte sie nicht diese für sie peinlichen Fragen beantworten.

Michael ahnte schnell, dass es sich um die Mutter handelte. So gezielt, wie sie sich erkundigte.
Kais Mutter bemerkte sofort, dass Andrea sich unwohl bei den Fragen fühlte.
„Entschuldige, ... es geht mich ja nichts an. Aber Kai erzählt ja nichts, und du warst schon so lange nicht mehr bei uns. Na ja, ... ich dachte ... Ach, was weiß ich, was ich dachte! Ich will eben wissen, was los ist."
Michael räusperte sich, und Kais Mutter bemerkte dies. Sie sprang nervös mit ihren Blicken zwischen Michael und Andrea hin und her.
„Das ... das ist mein Bruder ...", stotterte Andrea.
„Ja, ... aber nun bin ich immer noch nicht viel schlauer."
Kais Mutter sah sie nun beide abwechselnd fragend an und wartete auf eine Reaktion. Es lag spürbar etwas in der Luft, aber sie konnte es nicht fassen. Sie dachte, so schlimm kann es doch eigentlich nicht gewesen sein, was zwischen den beiden ablief. Sie war gerade bereit dazu, sich damit abzufinden, keine Antwort zu erhalten und das Ganze als Teenager-Probleme abzuhaken, und das, obwohl beide über zwanzig waren.
„Vielleicht sollten Sie lieber ihren Sohn fragen", unterbrach Michael das Schweigen.
„So, sollte ich das?"
Andrea stand da, wie angewurzelt. Sie konnte nichts sagen. Ihr Mund weit geöffnet, bereit zum Sprechen, aber die Stimme versagte.
Kais Mutter starrte Andrea an. Durch heftiges Nicken signalisierte sie, dass sie erkannt hatte, dass Andrea durchaus bereit war etwas zu sagen. Sie wartete, aber Andrea konnte nicht.

„Was ... was ist denn nun los?" Kais Mutter legte nun
eine gehörige Portion Ungeduld in ihre Stimme. Erneut
stellte sie die Taschen auf den Boden.
„Entschuldigen Sie bitte." Eine ältere Dame deutete an,
dass sie vorbei wollte. Unermüdlich zerrte sie an dem
Ärmel ihres ebenso alten Mannes, der verzweifelt
versuchte, mit seinem Gehstock auf dem Boden Halt zu
finden.
„Ja, natürlich ...", sagte Kais Mutter und schob ihre
Taschen einige Zentimeter beiseite, während sich die
alten Herrschaften an ihr vorbeidrängten. Da der alte
Mann umzukippen drohte, griff sie ihm hilfreich unter
einen seiner Arme, während seine Frau von der anderen
Seite zog.
„Ich bin noch immer gespannt!", sagte sie nun schon
etwas säuerlich.
Michael schaltete sich erneut ein, und Andrea fiel ein
Stein vom Herzen, dass sie nichts zu sagen brauchte.
„Sie scheinen wirklich nicht zu wissen, was los ist."
„So ist es!", entgegnete sie.
„Nun, Andrea ist in der Tat nicht mehr mit Ihrem Sohn
zusammen."
Kais Mutter nickte, begierig auf die neue Information.
„Denn Ihr Sohn zieht es neuerdings vor, einen Mann zu
ficken!"
Kais Mutter war wie versteinert, ebenso Andrea, die mit
ihren Zähnen ein Kräftemessen veranstaltete. Oberkiefer
gegen Unterkiefer. Auch Michael rührte sich nicht. Die
drei wirkten wie drei Säulenkakteen in der brütenden
Wüstensonne. Es vergingen nur Sekunden, aber es kam
ihnen allen wie Stunden vor.
Die Schweißperlen, die am Gesicht von Kais Mutter
entlangrannen, vermischten sich mit vereinzelten Tränen

der Wut, des Entsetzens und der Scham, die aus ihren Augenwinkeln liefen.

Ihr Gesicht vor Anspannung verzerrt, sah sie Andrea wortlos an. Sie packte hastig ihre Taschen und verschwand, so schnell es ihr möglich war, in der Menge. Andrea blieb weiter wie versteinert stehen. Sie erkannte, dass sie sich umsonst frisch gemacht hatte. Sie schwitzte wie am heißesten Sommertag.

„Andrea, geht's dir gut?", fragte Michael besorgt.

„Etwas weniger deutlich ging es nicht? Ich ... ich muss mich frisch machen!", sagte sie und stürzte in die Richtung, aus der sie gekommen war.

Völlig außer Atem schlug Kais Mutter die Wohnungstür zu. Mit zitternden Händen hatte sie es gerade geschafft, sie aufzuschließen. Ihre Einkaufstaschen nur beiläufig in die Ecke fallen lassend, stürzte sie ins Bad. Nur mit Mühe konnte sie rechtzeitig die Toilette erreichen, um sich zu übergeben.

Es war die Kombination aus Stress, der Hetze auf dem Weg nach Hause und dem Schock, den ihr die neue Situation bereitete. Sie hatte noch keine Ruhe gefunden, über das gerade Erfahrene nachzudenken. Sie konnte es nicht. Selbst wenn sie es nun, über eine halbe Stunde später, versuchte, löste es sofort Brechreiz aus. Sie hatte einfach einen zu nervösen Magen, um derartige Nachrichten unvorbereitet zu verkraften.

Als sie sich wieder beruhigt hatte, hatte sie noch einige Zeit, um Ruhe zu finden. Ihr Mann wollte ohnehin Überstunden machen, und Kai kam seit Wochen sehr spät nach Hause. Nun konnte sie sich auch denken, warum das so war.

Ihre Einkaufstaschen hatte sie noch nicht wieder angerührt. Die gefrorenen Spinatschachteln waren fast vollständig aufgetaut, und deren Inhalt hatte sich in der ganzen Tasche ausgebreitet.

Es war dann auch schon am frühen Abend, als sie das Öffnen der Wohnungstür bemerkte. Sie hatte nie die Fähigkeit besessen, etwas zu verbergen, was sie bewegte, und so war es dann auch kein Wunder, dass ihr Mann sofort bemerkte, dass es etwas gab, was er noch nicht wusste.

Der Spinat sammelte sich derweil friedlich auf dem Taschenboden.

Dieser Abend war seit langem der erste Abend, der in Kais Elternhaus anders ablief als die vergangenen. Ganz anders als es sonst der Fall war. Gewöhnlich kam sein Vater nach Hause, vom Hunger nach dem langen Arbeitstag geplagt, immer genau so lange maulig, bis das Essen auf dem Tisch stand. Auch an diesem Abend hatte er ursprünglich Hunger gehabt. Doch der war schlagartig verschwunden, als er bemerkte, dass etwas nicht stimmte. Die beiden unterhielten sich stundenlang. Mal wurde sein Vater laut, mal hatte seine Mutter einen heftigen Gefühlsausbruch. Sie waren beide hin- und hergerissen von ihren Gefühlen. Wie sollten sie reagieren? Sollten sie Kai direkt mit ihrem Wissen konfrontieren? Stimmte es überhaupt, oder war es nur ein Scherz von Andrea, oder Rache, weil sie sich getrennt hatten.

Andererseits, warum war Kai in der letzten Zeit so geheimnisvoll?

Irgendwann, viel später an diesem langen Abend, war Kais Vater ins Bett gegangen. Nur seine Mutter saß noch im Wohnzimmer und dachte nach. Sie saß am Wohnzimmertisch und rauchte eine Zigarette nach der anderen.

Es waren ihre ersten Zigaretten seit elf Jahren. Aber sie war einfach zu nervös. So war sie losgelaufen und hatte am nächstgelegenen Automaten die leichtesten Zigaretten gezogen, die sie in dem schummerigen Licht hatte ausmachen können. Sie war froh darüber, die leichtesten gewählt zu haben. Stärkere hätten sie sicher wieder an den Toilettenrand gefesselt.

Mitternacht war vorbei, als Kai in der Nacht nach Hause kam. Er bemerkte sofort den Rauch, der ihm entgegenwaberte. Er war irritiert, wie lange hatte er das schon nicht mehr in seinem Elternhaus erlebt?

Angewidert sah seine Mutter ihre Zigarette an. Sie hatte noch nicht bemerkt, dass Kai die Wohnung betrat. Sie war zu sehr mit sich selbst beschäftigt. Immerhin wurde sie langsam wieder klar genug, um festzustellen, dass sie rauchte. Und diese Tatsache gefiel ihr überhaupt nicht. Ebenso angewidert, wie sie die Zigarette ansah, drückte sie diese nun im Aschenbecher aus. Sie packte die angebrochene Schachtel und warf sie aus dem Wohnzimmerfenster auf die Straße. Einige Stockwerke tief. Irgend ein Teenager würde sich schon darüber freuen.

Kai wollte doch zu gern erfahren, was der Grund war, warum seit langer Zeit wieder in der Wohnung geraucht wurde. Er kam ins Wohnzimmer und sah seine Mutter am weit geöffneten Fenster stehen. Sie hielt ihre Nase in den frischen Nachtwind und ließ ihre Gedanken von dem Wind forttragen.
Als sie Kai bemerkte, erschrak sie, und ihr Herz schlug ungleich schneller.
„Oh, Gott verdammt!", schluchzte sie und sah ihn an.

„Was ist denn los?“, fragte Kai besorgt.

„Frag doch nicht so blöde!“

„Du rauchst wieder, das sehe ich, aber warum?“

„Herrgott, tu nicht so! Du weißt warum.“

„Weiß ich eben nicht“, sagte Kai. Er dachte es sich in diesem Moment tatsächlich nicht, bis es seine Mutter sagte.

„Ich hab Andrea heute getroffen.“

„Ach herrje.“ Kai ergriff langsam die Panik. Was würde nun passieren? Er versuchte, so viel aus ihrem Gesicht zu lesen, wie er konnte. Allerdings hatte er in solchen Dingen noch nie sehr große Begabung gehabt.

„Musste ich es unbedingt von ihr erfahren?“

Kai sah sie verunsichert an.

„Ich war so geschockt, ich musste mich hinterher übergeben!“

„Aber es ist leider so“, sagte Kai. „Ich kann es nicht erklären. Es ist einfach so.“

„Wie dein Vater reagiert hat, kannst du dir sicherlich denken“, sagte sie.

„Ja, das kann ich.“

„Oh ...“, wehrte sie ab, „... entschuldige, ich habe mich geirrt. Das kannst du nicht. Er hat getobt, das kannte ich noch nicht einmal!“

Seine Unsicherheit wurde durch das, was seine Mutter sagte, nicht kleiner. Er hatte doch eine gewisse Angst, was sein Vater sagen würde. Nachdem er nun schon einige Minuten mit seiner Mutter allein im Wohnzimmer stand und sein Vater nicht dazugekommen war, war ihm klar geworden, dass er schon schlief. Er war nicht glücklich darüber. Er hätte es besser gefunden, er hätte es alles an diesem Abend hinter sich bringen können. So musste er noch bis zum nächsten Tag warten, bis er die

Beschimpfungen seines Vaters über sich ergehen lassen konnte.

Seine Mutter allerdings schwankte noch zwischen ihren Gefühlen. Sie fühlte vieles gleichzeitig. Scham, Hilflosigkeit, Mitgefühl, Ekel. Welches der Gefühle stärker werden würde und am Ende siegen, wusste sie nicht.

Sie standen sich im Wohnzimmer gegenüber. Seine Mutter ließ das Fenster zufallen. In diesem Moment sagten sie nichts. Es gab nichts zu sagen. Sie schwiegen, und Kai ging schweren Herzens in sein Zimmer. Er spürte so etwas wie Zweifel. Keine Zweifel, die ihn um die Entscheidung ringen ließen, dass er schwul war, das war für ihn klar. Er hatte grundsätzliche Zweifel, und er fragte sich, warum das alles so schwer durchzustehen war.

Die Begegnung mit seinem Vater am nächsten Tag vermochte ihn auch nicht aufzubauen. Er zog es vor, seinen Sohn nicht anzusprechen, als er ihn bemerkte. Stattdessen verließ er überstürzt die Wohnung.

„Oh Gott, wie soll das enden ...?", dachte sich Kai.

Seine Mutter rührte lustlos im Marmeladenglas herum.

„Er wird Zeit brauchen", sagte sie.

„Ach ... er wird Zeit brauchen, dran gewöhnen kann er sich, basta!"

Sein Vater hatte das Haus noch nicht verlassen. Er stand noch immer vor der Wohnungstür. Nun fühlte er sich doch in der Lage, seinem Sohn gegenüberzutreten.

Als er wieder in die Wohnung kam und Kai sah, zögerte er wieder für ein paar Sekunden. Er wusste einfach nicht, wen er vor sich sah.

„Was sollte dann die ganze Farce mit den Mädchen, mit den Freundinnen, die du hattest?", fragte er vorwurfsvoll.

„Hör auf! Über so einen Mist brauche ich mich nicht zu unterhalten!", empörte sich Kai.
„Eins sage ich dir ...", schimpfte sein Vater ihm hinterher, „... du wirst es dir noch ganz genau überlegen müssen, mit ... mit wem du dich abgibst!"
Seine Mutter saß niedergeschlagen am Frühstückstisch.
„Diese Blöße muss ich mir nicht geben!", schimpfte er weiter.

Die folgenden Tage wurden für Kai nicht leichter. Sein Vater machte keine Anstalten, die Tatsachen zu akzeptieren. Er versäumte auch nicht, regelmäßig schlechte Stimmung zu machen. Er zeigte ganz deutlich, dass er nicht bereit war, einen schwulen Sohn in seinem Haushalt zu billigen.
Kai verbrachte deshalb immer weniger Zeit bei seinen Eltern zu Hause. Er hielt sich immer häufiger bei Marco in der Wohnung auf. Es war die einzige Möglichkeit, wohin er auf die Schnelle ausweichen konnte, und er war daher recht froh, dass Marco ihm kurzfristig sogar seine Wohnungsschlüssel gegeben hatte. Er war der festen Überzeugung, dass es die große Liebe war. Dass Marco ihm die Schlüssel eher nur widerwillig gegeben hatte, bemerkte er nicht. Er richtete sich fast schon häuslich ein, was Marco von Tag zu Tag mehr missfiel. Und doch ließ die Situation keine andere Möglichkeit zu.

Zehn

An jenem Morgen kreischte das Weckradio wieder unerbittlich. Marco und Kai schreckten beide gleichzeitig aus ihrem Schlaf. Und beide machten sich auch gleichzeitig ins Bad auf.

„Ich zuerst", murmelte Marco verschlafen und stieß Kai zurück ins Bett. In diesem Moment wusste er nur zu genau, dass es kein Zustand von Dauer sein konnte, mit Kai in der Wohnung. Er wollte wieder seine Ruhe haben. Irgendwie musste er es hinbekommen, dass Kai wieder ging.

Das Duschen verlief anders, als es in der Vergangenheit der Fall gewesen war. Der ganze Morgen verlief anders. Jeder Morgen verlief anders. Es lag daran, dass jemand da war. Es lag daran, dass Kai da war.

Wenn Marco längst im Bad fertig war, hörte er nun noch die Geräusche, die Kai verursachte. Wenn er ging, lief das Radio noch, da Kai erst etwas später aus dem Haus ging als er selber. Und das jeden Tag.

Auch Claudia hatte einige Male bei ihm übernachtet. Aber sie hatte sich nie bei ihm für längere Zeit einquartiert. Da Kai das nun tat, wusste Marco genau, dass er offenbar nicht damit zurechtkam, wenn eine weitere Person wirklich in seinem Haushalt lebte. Beziehung ja, aber nicht diese Enge.

Als Marco fertig war, ging er ins Schlafzimmer zu Kai ans Bett.
„Ich muss jetzt los", sagte er. „Für dich wird es auch Zeit."
„Ja, sicher ...", meinte Kai verschlafen. „... ich hab dich lieb."
„Ich dich auch."
Mit einem zärtlichen Kuss verabschiedeten sie sich von einander, und Marco ging. Versonnen blickte Kai ihm nach. Er fühlte sich wohl. Das Zusammenleben mit Marco gefiel ihm. Er stellte sich vor, wie es wäre, für immer mit Marco zusammenzuziehen. Die Vorstellung gefiel ihm. Nach Hause zurück wollte er nicht mehr. Er empfand das Verhalten seiner Eltern als zu beschränkt und spießig. Besonders das uneinsichtige Verhalten seines Vaters konnte er nicht verstehen. Wie sehr hätte er sich die Unterstützung seines Vaters gewünscht. Er liebte Marco und konnte sich momentan nichts Schöneres vorstellen, als mit ihm zusammenzuleben. Und sein Vater konnte an nichts anderes denken als daran, was die Nachbarn oder seine Arbeitskollegen dachten.

Beflügelt von seinen Träumen, machte er sich nun auch daran aufzustehen. Er huschte durchs Bad und hetzte danach zur Arbeit.
Kai vermied es tunlichst, mit seinen Arbeitskollegen über sein Privatleben zu sprechen. Auch wenn ihm dies schwer fiel. Er hatte in der Vergangenheit sehr häufig über seine Beziehung zu Andrea geplaudert. Dadurch, dass er nun nichts mehr erzählte, machte er sich, ohne es zu ahnen, verdächtig.

Keinem seiner Kollegen traute er sehr weit. So hatte er auch in der Vergangenheit nie wirklich wichtige Dinge erzählt. Sie waren zu große Klatschmäuler. Nun war es allerdings so weit, dass sie sich das Maul über Kai zerrissen, weil er seit einiger Zeit eben nichts mehr erzählte. Aus gutem Grund tat er es nicht. Ihren schwulenfeindlichen Witzen und sonstigen Äußerungen konnte man entnehmen, dass sie keine Schwulen mochten. Zugegebenermaßen war ihre Meinung über Frauen auch nicht besonders hoch geraten.

Ihnen irgendwelche Geschichten zu erfinden, konnte Kai auch nicht riskieren. Er verfing sich zu schnell in den Einzelheiten der Geschichte und verlor dadurch sehr schnell den Überblick. Irgendwann würde dann doch die Wahrheit aus ihm herausbrechen. Und so erzählte er gar nichts.

Des Weiteren hatten seine Kollegen Gesprächsstoff deswegen, weil Kai auf der Arbeit immer abwesender wirkte. Aber auch darauf sprachen sie ihn nicht an. Sie zogen es vor, sich ihre Gedanken über ihn untereinander zu machen. So kam es ihnen auch sehr gelegen, dass einer von ihnen schon einige Male mitbekommen hatte, dass Kai offensichtlich von einem etwa gleichaltrigen Mann abgeholt wurde.

Immer wenn Marco ihn abholte, wartete er in sicherer Entfernung an einer Straßenecke - aber es wurde doch beobachtet. Und der Kollege wusste auch zu berichten, dass die beiden dann keineswegs wie einfache Freunde die Straße entlang gingen. Es kam ihm merkwürdig vor, wie dicht sie beieinander gingen, manchmal den Arm umeinander legten und ähnliche Dinge. Wenn jemand in den Gesten etwas lesen wollte, so tat er es. Und dieser Kollege wollte.

Sofort berichtete er aufs Neue, wenn er etwas am Vorabend beobachtet hatte.

Kai ahnte nichts. Er machte seine Arbeit, und das reichte ihm zu diesem Zeitpunkt. Er konzentrierte sich so gewissenhaft, wie die Arbeit es von ihm verlangte. Aber auch nicht mehr. Wie gern würde er seiner Arbeit entfliehen! Sie, die sie ihn von Marco fern hielt und ihm die Freiheit zu nehmen schien. Überstunden vermied er, wenn er es nur konnte. Er mochte seine Arbeit, aber zu diesem Zeitpunkt war sie ihm mehr als störend. Seine Wandlung blieb seinen Kollegen nicht verborgen. Es war so offensichtlich, dass irgendetwas mit ihm geschehen war, und die Kollegen bemerkten das. Doch auch davon ahnte er nichts.

Dann war es so weit. Den Kollegen genügte es nicht mehr, sich einfach nur das Maul über Kai zu zerreißen. Es reichte einfach nicht mehr aus, die Vermutungen nicht bestätigt zu wissen. Doch wollten sie es unbedingt wissen. Sie wollten sichergehen, dass sich keine Schwuchtel in ihren Arbeitskreis eingeschlichen hatte. Einer von ihnen musste es herausfinden. Es fand sich dann auch einer der Kollegen, der sich freiwillig vorwagte, die Frage für sie alle zu klären.

Kai bemerkte erst nicht, dass sein Kollege herüberkam. Aus Verlegenheit machte dieser einige Schritte zu viel. Einen überflüssigen Umweg, um nicht so gezielt auf ihn loszustürzen. Gespannt warteten die anderen Kollegen und beobachteten das Geschehen aus der Ferne.
„Na, Kai, ist hier alles in Ordnung?“
„Ja sicher, Klaus. Warum nicht?“, Kai war irritiert.

„... ach ... es hätte ja sein können ..." Verunsichert schlich Klaus um Kai herum.

„Klaus, bitte! Ich mache meine Arbeit, wie immer! Was soll das? Du hast doch noch nie gefragt, ob alles in Ordnung ist."

„Nun frage ich aber. Besser spät als nie."

Kai bemerkte schon, dass Klaus auf etwas hinauswollte.

„Sag mir doch einfach, wenn du meinst, dass etwas nicht in Ordnung ist."

„So ist es auch wieder nicht, Kai."

„Na schön ... dann kann ich ja weiterarbeiten." Kai wandte sich von seinem Kollegen ab.

Verdutzt und ratlos sah Klaus zu seinen gespannten Kollegen. Ebenso ratlos zuckte er mit den Schultern. Sie deuteten ihm aber an, dass sie unbedingt eine Antwort erwarteten, und so trieben sie Klaus erneut an.

„Also, um ehrlich zu sein, wir fragen uns da schon eine ganze Zeit etwas", meinte Klaus.

„So, was denn?"

„Na ja, du weißt doch! Es wird schnell geredet."

„Was wird denn geredet?" Kai hatte keine Ahnung, worauf dieses Frage- und- Antwort- Spiel hinauslaufen sollte.

„Nun, es wird geredet, dass du schwul seist." Kai schlug diese Aussage wie der Blitz. Klaus war selbst überrascht, wie spontan dieser Satz kam.

Kai war wie versteinert. Aus den Augenwinkeln sah er sich panisch um, ob er beobachtet wurde. Er konnte niemanden entdecken. Hatte sein Kollege ihn das eben wirklich gefragt, oder war es bloß ein böser Traum? Jedenfalls konnte Kai sich davon vergewissern, dass Klaus wirklich neben ihm stand und ihn auch noch fragend ansah.

„Nicht, dass ich es wissen will", spielte Klaus die Frage herunter. Er fühlte sich wohl. Er bemerkte, wie sehr es ihm Spaß machte, Kai schwitzen zu sehen. Er hatte Blut geleckt. Er konnte einen von diesen Schwuchteln auf der Stelle ans Kreuz nageln. Durch Kais versteinertes Verhalten war er überzeugt, dass es so war.
„Was soll dann diese Frage?"
„Sei doch nicht gleich sauer. Die anderen wollen bloß wissen, ob sie noch sicher sind, wenn sie sich mit dir treffen."
„Wir haben uns doch noch nie getroffen. Und ich glaube auch nicht, dass wir das jemals werden. Also wozu die Aufregung?" Kai wurde zusehends unsicherer. Er hatte bald nur noch einen Gedanken. Er musste so bald wie möglich da raus. Nicht bloß aus dieser Situation, sondern erst einmal ganz raus. Zur Not meldete er sich für den Rest des Tages krank.
„Du machst es uns aber auch unnötig schwer, Kai. Sag es doch einfach!"
„Du kannst mich mal ...!"
Kai flüchtete, so schnell es ging, ohne großes Aufsehen zu verursachen.
Klaus ging, in ihrer aller Annahme bestätigt, zu seinen Kollegen zurück. Fragend sahen sie ihn an.
„Ich denke ...", begann er, „... wir haben es hier mit einer Schwuchtel zu tun."

Der Arbeitstag war fast vorüber gewesen, und so fiel es gar nicht weiter auf, dass Kai früher gegangen war. Die Kollegen waren mit der neuen Erkenntnis so sehr beschäftigt, dass sie auch nicht daran dachten, Kai anzuschwärzen.

Kai lief ziellos durch die Stadt. Ziellos und ohne nachzudenken. Er sah sich die Schaufenster an und beobachtete verliebte Pärchen beim Eisessen. Es trieb ihm beinahe die Tränen in die Augen. Diese Pärchen hatten es so leicht. Sie waren nicht schwul. Sie wurden akzeptiert. Er konnte sich nicht so öffentlich kuschelnd mit Marco zeigen. Zumindest traute er sich nicht.
Irgendwann fing der Abend an zu dämmern. Kai lief weiter durch die Stadt. Eine so große Strecke hatte er bisher noch nie zu Fuß zurückgelegt. Aber wie sollte es ihm auffallen? Er war so sehr mit seinen Gedanken beschäftigt. Nicht einmal die Füße taten ihm weh. Vermutlich wussten nicht einmal sie, wie weit sie gelaufen waren. Sie taten ihren Dienst, denn Kai ging eben.

Seit Kai aus seinem Elternhaus vorübergehend ausgezogen war, hing dort der Haussegen nicht mehr besonders gerade. Seine Mutter schlug den Weg ein, den früher oder später jede Mutter einschlägt, nachdem sie herausgefunden hat, dass ihr Sohn schwul ist. Sie begab sich auf seine Linie, begann ihn zu verstehen und verteidigte ihn. Sein Vater fühlte sich dazu nicht im Stande. Er zog seine sture Haltung durch und vertrat weiterhin die Meinung, dass ein schwuler Sohn nichts in seinem Haushalt zu suchen hatte.
„Du kannst dir sicher heute Abend dein Abendessen selbst machen", sagte sie zu ihrem Mann.
„Was soll denn das?", fragte er verdutzt.
„Ich habe noch etwas vor", meinte sie und zog sich ihre Jacke über.
Mehr irritiert als wütend sah er ihr aus dem Fernsehsessel nach und vernahm, dass sie die Tür hinter sich ins Schloss fallen ließ. Er konnte tatsächlich nicht den

geringsten Duft aus der Küche feststellen. Was ihrer Drohung, kein Essen gemacht zu haben, noch mehr Gewicht verlieh.

Auf dem Weg durchs Treppenhaus durchsuchte sie ihre Jackentaschen und fand auch sofort den Zettel, nach dem sie gesucht hatte. Kurz bevor Kai gegangen war, hatte er ihr noch die Adresse von Marco gegeben. Er wollte nicht riskieren, dass sie sich Sorgen machte.
Als sie die Adresse las, verließ sie die Begeisterung, ihn zu besuchen. Blieb ihr doch eine Fahrt durch die halbe Stadt nicht erspart.
Ihr Mann vergewisserte sich unterdessen ungläubig in der Küche davon, dass sie, wie angedeutet, nichts für ihn zum Essen vorbereitet hatte.
„Schlampe ...", fluchte er und griff sich aus dem Kühlschrank eine angetrocknete Salami.

Unangenehmer wäre der Weg für sie gewesen, wenn das Wetter schlecht gewesen wäre, aber das war es nicht. So kam sie dann doch nach einer guten halben Stunde bei der Adresse an.
Nach kurzem Zögern drückte sie auf die Klingel bei Marcos Namensschild. Kurze Zeit später wurde sie dann auch ins Haus gelassen.
Sie erwartete, ihren Sohn zu sehen, und hatte gar nicht die Möglichkeit ins Auge gefasst, Marco zu begegnen. Ihre Unsicherheit war allerdings groß, als sie doch Marco gegenüberstand.
„Sie sind Kais Mutter?"
„... Mmmm ... ja."
„Kommen Sie rein ..."
„Danke." Kais Mutter zögerte. Sie zweifelte, ob Kai überhaupt da wäre. Mit der Zeit fühlte sie sich immer

weniger wohl. Prüfend sah sie sich in der Wohnung um. So lebte also ein schwuler Mann. Sie versuchte verzweifelt, etwas in der Wohnung zu finden, was sie anekelte oder zurückstieß. Doch trotz intensiver Suche konnte sie nichts finden. Die Wohnung war im Wesentlichen genauso eingerichtet, wie eine Wohnung im Allgemeinen eingerichtet zu sein hat. Auch an Marco konnte sie nichts entdecken, was ihre negative Meinung bestätigte. Ein ganz normaler junger Mann, der sie da durch die Wohnung geleitete. So war sie gezwungen, ihr Vorurteil über Schwule und deren Leben in Frage zu stellen. Im Moment sah es für sie aus, als lebten Schwule doch nicht in einer Art Sexhöhle.

„Wenn Sie Kai sehen wollen, der ist noch nicht da."
„Noch nicht?"
Marco zwang sie durch seine Sprache, ein weiteres Vorurteil zu überdenken. Er sprach ganz normal mit ihr. Sie musste somit feststellen, dass Schwule nicht immer dadurch zu erkennen waren, dass sie wie singende, tanzende Weiberimmitatoren herumliefen. Marco zumindest schien auch in diesem Punkt nicht von der ihr so vertrauten Norm abzuweichen.
„Entschuldigen Sie ...", meinte sie, „... wenn ich Sie so anstarre, aber ich kannte bisher noch keine ..." Es verließ sie der Mut, den Satz zu beenden.
„Machen Sie sich nichts daraus, ich auch nicht."
„... Äh ... wie ..."
„Darf ich fragen, wie Sie darüber denken? Ich vermute, nicht besonders positiv. Sonst wäre Kai wohl nicht bei Ihnen ausgezogen."
„Ich denke gar nicht darüber. Allerdings hat mein Mann seine feste ablehnende Meinung."

„Ah, ja“, meinte Marco und zeigte deutlich, dass er nicht bereit war, dies zu akzeptieren.

„Wissen Sie, ich gebe zu, dass es nicht leicht ist, irgendwann festzustellen, dass man keine Enkelkinder bekommen wird. Irgendwie hofft man als Mutter doch darauf. Ich glaube, man ist zunächst enttäuscht und wütend auf den Mann, der den eigenen Sohn verführt hat.“

„Also bitte ... Ich habe Ihren Sohn nicht verführt. Ich hatte vorher ebenso wie er eine Beziehung zu einer Frau. Es ist eben passiert, verstehen Sie?“

„Nein, ich verstehe nicht. Niemand versteht das. Darum ist es ja immer so ein Problem.“

„Es ist kein Problem, wenn Sie es nicht zu einem machen.“

„Ihr jungen Menschen macht es euch immer so leicht. Immer ohne Rücksicht auf Verluste. Hauptsache, glücklich werden. So wie es euch gefällt. Ob ihr anderen damit Leid zufügt, ist euch egal.“

„So sollte es zumindest sein“, meinte Marco. „Schließlich leben wir unser eigenes Leben. Und das leben wir für uns und nicht für andere“

„Wie egoistisch ihr seid. Stehen Sie wirklich so dazu?“, fragte sie.

„Ich weiß es nicht. Ich habe mir darüber noch nicht allzu viele Gedanken gemacht. Ich habe mir vorher schließlich auch keine Gedanken darüber gemacht, als ich mit meiner Freundin zusammen war. Ich weiß nur, dass wir im Moment glücklich sind.“

„Aber ist es auch das Beste?“, Kais Mutter konnte ihre Zweifel immer noch nicht überwinden.

Marco war ein ganz normaler junger Mann, kein Monster, wie sie gedacht hatte. Sie hatte gerade eine

Diskussion mit ihm. Eine normale Diskussion mit einem normalen jungen Mann.

Einige Zeit war vergangen.

„Ich muss leider wieder gehen. Schade, dass ich Kai nicht antreffen konnte."

„Ja ... eigentlich kommt er nicht so spät. Soll ich etwas ausrichten?"

„Nein! ... Vielleicht, dass ich da war."

„Hat mich gefreut, dass ich Sie mal kennen lernen konnte", meinte Marco und führte sie zurück zur Wohnungstür.

„So ... hat es das ...", sagte sie. Bestätigen wollte sie Marco nicht. Sie fühlte sich nicht wohl dabei.

Es war ihr erster Besuch bei Marco, und es sollte ihr letzter bleiben. Ebenso zielstrebig, wie sie das Haus betreten hatte, verließ sie es nun wieder. Ihr Kommen und ihr Gehen wurden währenddessen aus einiger Entfernung mit großem Interesse registriert. Jede freie Minute wurde in einem kleinen, unscheinbaren Wagen dazu genutzt, Marcos Aktivitäten zu studieren. So wie in diesem Moment der Besuch einer bis dahin unbekannten Frau.

Nach wenigen Metern verließ Kais Mutter der Elan, zielstrebig und schnell nach Hause zu gelangen. Mit nur wenig vorantreibenden Schritten machte sie sich weiter auf den Weg nach Hause. Soeben hatte sie ein Gespräch mit dem Freund ihres Sohnes gehabt. Und es war ein - von den unterschiedlichen Auffassungen abgesehen - ganz normales Gespräch gewesen. Je mehr sie darüber nachdachte, um so mehr kam ihr die Reaktion ihres Mannes überzogen vor. Sie begann zu ahnen, dass sich noch eine schwere Krise in ihre Familie schleichen konnte. Deshalb, weil sie die Möglichkeit für sich entdeckte, ihre Einstellung zu der Beziehung ihres Sohnes zu überdenken. Sie wusste aber auch, dass ihr Mann seine Meinung ebenso vehement verteidigen würde, wie sie ihn bitten würde, sie ebenso zu überdenken. Eine Krise, noch schwerer als sie ohnehin schon war.

Noch etwas später an diesem Abend kam auch Kai endlich zu Marco. Erschöpft ließ er seine Sachen in die Ecke des Raumes fallen.
„Wo warst du so lange?", fragte Marco besorgt.
„Ich bin nur durch die Stadt gegangen."
„Was heißt durch die Stadt gegangen? Du gehst sonst nie durch die Stadt. Ist irgend was los?"
Nahezu aufgelöst, setzte Kai sich auf die Couch. Den ganzen Weg hatte er sich Gedanken gemacht und konnte zu keinem zufrieden stellenden Ergebnis kommen.
„Wie machst du das bloß?", fragte er.
„Was ...?"
„Wie gehst du damit um? Wie kannst du damit fertig werden?"
„Fertig werden - womit?"
„Mit ... mit ... uns, ... dieser ganzen Situation! Ich kann es nicht! Ich habe ständig Angst, entdeckt zu werden."
„Wobei entdeckt zu werden?"
„Ach Gott ... du weißt es nicht! Ich bewundere dich dafür, dass du so locker damit umgehen kannst, eine schwule Beziehung zu haben. Ich schaffe es nicht. Ich habe sie, aber ich kann sie nicht leben. Ich kann nicht dazu stehen, und ich fühle mich schuldig, wenn es jemand herausfindet. Du hast es so einfach. Du warst sowieso schon von deiner Familie abgenabelt, hattest dein eigenes Leben. Ich habe meine erst durch meine

Beziehung zu dir verloren. Ich weiß nicht, wie ich damit fertig werden soll!"

„Du siehst das alles viel zu schwarz", meinte Marco.

„Sehe ich nicht. Ich kann nicht mehr konzentriert arbeiten, weil ich ständig an dich denken muss. So sehr hänge ich an dir. Und zu allem Überfluss wissen meine Kollegen jetzt, dass ich schwul bin."

„Warum hast du es ihnen denn gesagt, wenn sie es nicht wissen sollten?"

„Sie haben mich direkt darauf angesprochen!"

„Warum hast du es nicht geleugnet?"

„Ich war viel zu überrascht! Ich konnte nicht." Kai war seine Verzweiflung nun deutlich anzumerken. „Mir bleibt nichts mehr, mein ganzes Leben geht den Bach runter. Ich habe bald niemanden mehr ..."

„Du hast deine Familie nicht verloren. Deine Mutter war heute Abend hier. Eigentlich wollte sie dich hier antreffen."

„Dann hast du sie gesprochen?"

„Hab' ich ..."

„Und wie war sie so? Hat sie dich überhaupt angesehen?"

„Sie war einfach jemand, der, genau wie wir, überhaupt keine Erfahrung mit dieser Situation hat. Wir haben uns kurz unterhalten, und dann ist sie wieder gegangen."

Kai gab sich mit dieser Antwort zufrieden.

„Weißt du, Marco, manchmal frage ich mich, ob das alles so richtig war."

Marco kuschelte sich nun sehr eng an Kai an und nahm ihn in den Arm.

„Das weiß ich auch nicht, aber es sollte wohl so sein."

Kais Erscheinen wurde ebenso interessiert beobachtet wie vorher das Erscheinen seiner Mutter. Nur war nicht bekannt, dass es sich um Mutter und Sohn handelte. Kai wurde allerdings wieder erkannt. Er wurde schon einmal gesehen. Nicht beim Erscheinen, sondern beim Verlassen der Wohnung. Damals wurde sogar das von ihm getragene Eau de Toilette erkannt. Dieses Mal konnte er genau beobachtet werden. Seine Bewegungen, sein Verhalten. Es war nicht so ein flüchtiges Aufeinandertreffen wie beim ersten Mal. Was immer Claudia bei ihren Beobachtungen dachte, sie war sich nicht im Klaren darüber, dass sie sich in etwas hineinsteigerte. Demzufolge konnte sie sich auch nicht darüber im Klaren sein, dass es ganz bestimmt keine gute Entwicklung sein konnte, die ihre Aktivitäten zu dieser Zeit nahmen.

Die folgenden Tage waren für Kai in der Firma nicht einfacher. Seine Kollegen mieden ihn, weil er ihnen plötzlich unheimlich und suspekt war. Noch nie hatten sie gehört, dass ein Mann eben noch mit einer Frau zusammen war und nun mit einem Mann. Nur ganz allmählich beruhigte sich die Stimmung. Und nur ebenso langsam wich die feindselige Haltung der meisten Kollegen Kai gegenüber.

Marco hatte sich für Kai einen Ausflug ausgedacht. Zum Entspannen, nur sie beide allein. Irgendwo am See oder Meer. Hauptsache, Wasser. Ein abgeschiedenes Stück Strand mit Kuhfladen und Mücken. Um Kai die Möglichkeit zu geben, mal abschalten zu können. Marco wollte versuchen ihn wieder aufzubauen. Er konnte nicht mit ansehen, wie Kai durch die momentane Lage litt.

Auch Kais Mutter machte sich so ihre Gedanken.
Am nächsten Morgen war sie wie üblich früher aufgestanden. Sie bereitete die Verpflegung ihres Mannes

für den Tag vor und trank in der Küche ihren ersten Kaffee. Üblicherweise begann der Tag damit, dass Kais Vater die Zeit in der morgendlichen Dusche vergaß und regelmäßig in Hetze verfiel.

„Hast du gut geschlafen?", fragte sie, als er schließlich wieder mal in letzter Minute in die Küche gehetzt kam.

„Habe ich ...", keuchte er und band sich seine Krawatte.

„Hier ist dein Brot ...", sagte sie und hielt es ihm in seinen üblichen Bewegungsablauf.

„Danke ..."

Genervt verstaute er das Päckchen in seinem Koffer. Flüchtig gab er seiner Frau einen Kuss und stürzte zur Tür. Sie nippte erneut an ihrem Kaffee.

„Wenn du heute wieder so gut schlafen willst, solltest du dein Verhalten deinem Sohn gegenüber noch mal überdenken", meinte sie seelenruhig.

Ihr Mann stockte.

„Für so einen Blödsinn habe ich jetzt keine Zeit!", sagte er nach kurzem Zögern und ging hinaus.

„Solltest du aber ...", meinte sie und lehnte sich zurück. Ein wenig wehmütig sah sie sich in der Küche um. Setzte sie dies alles nun aufs Spiel?

Es war Freitag, Ende der Woche, als sie dieses Thema provozierte. So konnte ihr Mann sich nicht davor drücken, sich Gedanken zu machen, indem er einfach ein paar Überstunden dranhängte. Er musste sich dem Thema stellen, wenn er nicht riskieren wollte, das Wochenende in einer turbulenten Szenerie, einer Sturmwüste ähnelnd, zu verbringen. Sie hatte sich entschlossen, der Verbohrtheit ihres Mannes den Kampf anzusagen.

Es war auch jener Freitag, für den Marco sich die Fahrt an die See ausgesucht hatte. Er hatte von einem Freund einen Tipp bekommen, wo es einige ruhige, romantische

Strände in Dänemark gab. Es wäre das ideale Wetter, wurde ihm gesagt, das Wasser wäre warm und man könnte wunderbar die Nacht am Strand verbringen. Gute Voraussetzungen für ein romantisches Wochenende.

„Da wirst du deine Freundin mit umhauen!", meinte der Freund.

„Sicher ... das werde ich ...", meinte Marco dazu nur flüchtig.

Marco hielt Kai einen prall gefüllten Rucksack vor die Nase.

„Das ist alles, was du brauchst", meinte er.

„Brauchen, wofür?", fragte Kai überrascht.

„Das wirst du schon sehen. Sei gefälligst nicht so neugierig!"

Kai wollte in den Rucksack sehen, um herauszufinden, was Marcos Geheimniskrämerei zu bedeuten hatte.

„Nicht doch, das gibt es nicht! Es wird nicht nachgesehen!"

„Aber ich will wissen, was du vor hast!" Kai brannte vor Neugier.

„Das wirst du noch früh genug sehen. Sieh zu, dass du nach draußen kommst und nimm die Musikkassetten aus dem Flur mit ins Auto!"

Kai gehorchte. Freudig überrascht, setzte er sich ins Auto. Marco kam wenig später mit einem weiteren Rucksack nach und fuhr, ohne viele Worte zu verlieren, auf sein Ziel zu. Sie hörten die Musik, und Kai hatte es aufgegeben, danach zu fragen, was Marco vorhatte. Er wusste, er würde keine Antwort bekommen. Auch nach über einer Stunde Autobahnfahrt hatte Kai keine Ahnung. Erst, als sie die Grenze zu Dänemark überquerten, war Kai beruhigt. Er wusste, dass dies ein ziemlich romantisches Wochenende werden könnte. Eines, das er vielleicht nie wieder vergessen würde. Er war sehr gespannt darauf, was ihn erwarten würde.

Irgendwann, Stunden später, standen sie vor einem einsamen Holzhäuschen, das mitten in den Dünen lag. Staunend sah Kai sich um.
„Woher hast du nur dieses traumhafte einsame Haus?"
„Ein Freund hat mir den Tipp gegeben. Er sagte mir auch, wo ich den Schlüssel finde. Hinter einem dieser Blumenkästen sollte er ... ahh, da ist er ja."
„Mein Gott, es ist so völlig einsam hier!", jubelte Kai.
„Der nächste Ort ist zehn Minuten von hier."
„Phantastisch!"
Von einer der höheren Dünen konnte Kai aufs Meer hinaussehen. Es gab praktisch keine Brandung. Nur ein leises Rauschen, wenn die leichten Wellen auf den weitläufigen Sandstrand aufliefen. Weit und breit keine Menschenseele. Nur ein paar Seemöwen, die den Strand entlangspazierten. Ihre Federn schmiegten sich eng an, wenn der Wind sie umwehte. Die langen Grasbüschel wiegten sich, und die Wolkengruppen zogen von einem Horizont zum nächsten.
Marco kam zu ihm und nahm ihn in den Arm.
„Es ist so schön hier", sagte Kai.
„Das ist es. Darum sind wir hier."

Knapp drei Stunden waren sie gefahren. Die Rucksäcke standen noch vor dem Häuschen, und das Auto war noch nicht abgeschlossen. Es war so ruhig um sie herum, dass sie die Zeit vergaßen. Sie standen auf der Düne, eng aneinander geschmiegt, dem Wind trotzend, und sahen aufs offene Meer. Es war nicht sofort zu erkennen, dass sie in einer weitläufigen Bucht waren. Ein Stück jener Strände, die noch nicht so extrem von Urlaubern überlaufen waren. Marco hatte nicht vor, die Nähe der kleinen Ortschaft auszunutzen, und hatte deshalb vorsorglich alles Mögliche in den Kofferraum gepackt, was sie benötigen konnten. Sie waren für ein Wochenende zu zweit in einer weitläufigen, einsamen Gegend gerüstet.

Mit den Fingern auf die Lehne ihres Sessels tippend, wartete Kais Mutter die Heimkehr ihres Mannes von der Arbeit ab. Er hatte sich doch etwas mehr Zeit gelassen. Er liebte Diskussionen mit seiner Frau nicht gerade.
„Ich hätte es selbst nicht für möglich gehalten“, sagte sie, „aber es sieht doch nun mal so aus, als wäre es ausgerechnet in unserer Familie passiert. Und wenn wir damit solche großen Probleme haben, dann deutet das vielleicht darauf hin, dass wir beide noch ziemlich veraltete Ansichten haben.“
„Ich habe nicht vor, mir meine Ansichten von plötzlichen Umwandlungen meines Herrn Sohnes kaputt machen zu lassen. Sie sind auch nicht schlecht oder gar diskriminierend. Es hat alles seine geregelten Wege zu gehen. So war das schon immer, und nahezu alle tun es so. Nur ein paar ... paar ... wollen es nicht und ... und ... leben, wer weiß wie! Ich bin nicht bereit, mir das von Kai bieten zu lassen. Wie stehen wir denn da, wenn das rauskommt. Was werden die Leute sagen ...“
„Hast du schon mal überlegt, dass nicht alle so engstirnig denken wie du.“
„Vielleicht nicht alle, aber meine Kollegen tun es.“
„Wer ist dir denn wichtiger? Deine Kollegen, die sowieso immer nur dann angeschissen kommen, wenn sie was wollen, oder dein Sohn, der nun als einzigen Fehler offenbar den macht, auf eine andere Art und Weise glücklich zu werden, als du dir das für ihn ausgesucht

hast! Ich habe auch nicht gerade gejubelt und getanzt. Schließlich hatte ich schon damit gerechnet, irgendwann Oma zu werden. Aber was soll's? So ist es nun einmal! Außerdem, wann haben wir schon mal etwas mit deinen Kollegen zu tun."

„Oma werden ... prima ...! Was werden die wohl alle sagen?"

„Wenn die Familie nicht hinter ihm steht, wer dann?! Komm langsam auf den Boden zurück! Es geht hier nicht um dich."

„Doch, es geht auch um mich! Es geht darum, wie ich dazu stehe. Es geht darum, wie ich damit zurechtkomme und wie ich damit umgehe. Ich soll ihn unterstützen, ich soll hinter ihm stehen..."

„Du musst das nicht! Das mache ich zur Not auch noch alleine!" Kais Mutter war sehr entschlossen. Sie duldete die ablehnende Haltung ihres Mannes nicht. Wütend wegen seiner mangelnden Einsicht, ließ sie ihn allein im Wohnzimmer sitzen und ging zu Bett. Es würde noch ein zähes Ringen an diesem Wochenende geben, wusste sie. Und sie hatte sich auch schon darauf eingestellt.

Ein Abend, der auf der Düne begann und auf dem harten Fußboden des kleinen Holzhauses im Begriff war zu enden. Eng beieinander liegend, dem Meer lauschend und in die dunkle Nacht sehend. Es war der schönste Abend, den Kai je erlebt hatte. Niemals zuvor war er so glücklich gewesen und hatte sich so geborgen gefühlt wie an diesem Abend in den Armen von Marco.
Marco genoss seinen Triumph. Er hatte gehofft, dass Kai die Idee gefallen würde, aber dass er ihn so glücklich machen würde, hatte er nicht erwartet.
Irgendwann, das Meer wurde leiser, die Sterne verloren sich in der Nacht, gingen die beiden zu Bett und schliefen

sofort ein. Sie waren geschafft vom Tag, von der Anreise. Und die frische Seeluft tat ein Übriges.

Der nächste Tag begann, ohne Marco und Kai zu wecken. Es war so ruhig wie in der Nacht und am Abend davor. Marcos Freund hatte nicht zu viel versprochen. Auch jetzt am Tag hatten sie den Strand für sich allein. Keine Menschenseele, kein Kindergebrüll, das sie weckte.
Fast am Mittag tat es schließlich die Sonne.

Das Schlendern am Strand, das Brennen der Sonne. Sich nicht darum kümmern wollen, dass auf dem Boden des Holzhauses noch die schmutzige Wäsche des Vortages lag. Sie waren schließlich dort, um sich zu erholen. Sicherlich war es kein Urlaub, aber auch ein Wochenende konnte genügen, um der tristen Wirklichkeit zu entrinnen. Hand in Hand, die Wellen platschten an ihre nackten Füße. So gingen sie kilometerweit den Strand entlang. Gelegentlich begegneten sie ein paar Leuten, oder in der Ferne ging ein Mann mit seinem Hund spazieren. Sie hatten ihre Ruhe. Keine schrägen Blicke, niemand, der sich ungläubig nach ihnen umdrehte, weil er noch nie zwei Männer Hand in Hand hatte schlendern sehen.
Die Sonne war schneller als sie. Die Dämmerung trat eher ein, als sie es gedacht hatten. Sie hatten sich gerade erst wieder auf den Rückweg gemacht. So sollten sie vermutlich erst bei absoluter Dunkelheit wieder am Haus ankommen. Falls sie Glück hätten, würde ihnen bestenfalls der Mond auf der Wasseroberfläche den Weg schimmern.
„Wie schade, dass wir nicht länger hier bleiben können", meinte Kai. „Es wäre zu schön, um wahr zu sein."
„Genieße es, so lange du es hast."

„Sicher, was bleibt mir anderes übrig. Diese Ruhe, kein
Ärger, keine Diskussionen. Ich liebe es ...“
Marco lächelte dazu, was Kai sagte.
„... und ich liebe dich“, sagte er weiter.
Marco hörte es dankbar, erwiderte es aber nicht.
Stattdessen fing er an zu laufen und zog Kai mit sich.
„Komm schon ...“, meinte er, „... los!“
„Was hast du vor?“
„Wonach sieht es denn aus?“ Marco zog dabei sein T-
Shirt aus und schleuderte es auf den von der Nacht
erkalteten Sandstrand. Dann lief er, braun gebrannt und
nur mit seiner Shorts bekleidet, auf das Wasser zu. Bald
verschwanden seine Konturen in der Dunkelheit, und Kai
hatte Probleme, ihn in der Nacht zu erkennen. Staunend
und aus Liebe bewundernd, blickte er ihm nach.
„Es ist Nacht!“, rief er. „Ich bin noch nie bei Nacht im
Meer geschwommen!“
„Dann wird es aber Zeit!“, rief Marco und verschwand
mit einem lauten Aufschrei in den Wellen.
Nur kurz zögerte Kai und stürzte Marco nach. Riss sich
das T-Shirt vom Körper und tauchte ebenfalls unter. Nur
eine kurze Zeit schwammen sie des Schwimmens wegen.
Bald wich das bedächtige Schwimmen einem
Wettschwimmen, das in einer wilden Wasserschlacht
gipfelte. Mitten in der Nacht und mit vielen
Schrecksekunden für die anwesenden Quallen. Rechneten
die doch am wenigsten zu dieser Zeit mit solchen
Rowdies.

Völlig außer Atem lauerten Kai und Marco sich
gegenseitig im Wasser auf.
„Ich kriege dich schon noch ...“
„Das werden wir sehen, wer wen kriegt.“

Dann stürzten sie wieder aufeinander zu und verschwanden erneut unter der Wasseroberfläche.
„Ich kann einfach nicht mehr", stöhnte Kai nach erneutem Auftauchen. „Ich brauche eine Pause!"
„Also hab' ich gewonnen!"
„Gar nichts hast du."
„Du willst es nur nicht zugeben."
Marco folgte Kai langsam wieder in Richtung Strand. Noch im Wasser ließ Kai sich zu Boden fallen. Er genoss die Ruhe und das Wasser um sich herum. Der Mond schien auf ihn herab, und er konnte die grauen Flecken auf seiner Oberfläche erkennen. Dann stand Marco vor ihm. Sein Kopf schob sich vor den Mond, sodass er nur seine Umrisse sehen konnte. Das Gesicht konnte er nur erahnen.
„Ich will dich", sagte Marco mit selbstgefälligem Unterton. Dabei legte er seinen Kopf neckisch zur Seite und stützte seine Arme in die Hüften.
Kai sah ihn an.
„Du willst mich? Du hast mich!"
Langsam ließ Marco sich auf seine Knie sinken. Streichelte Kais Körper, der größtenteils unter Wasser war, und gab ihm einen sanften Kuss.
„Was soll ich sonst sagen", meinte Kai, „ich liebe dich einfach." Mit diesen Worten zog er Marco dichter an sich heran, bis er ganz neben ihm lag. Sie begannen, sich dann gegenseitig zu streicheln. Ganz sanft. Fast nicht zu spüren. Am Haaransatz, die Wangen, den Hals, die Brust. Sie küssten sich zart. Ganz zart. Auf die Stirn, die Nase, die Wangen, die Augen, den Mund.
Es wurde stiller und stiller um sie herum. Die Grillen in der Ferne hörten auf zu zirpen, und die Wellen schlugen sanfter an den Strand. Ihre nassen Körper glänzten im Mondschein. Schöner und mit mehr Anmut, als es das

Wasser je vermochte. Sie spürten ihre Liebe und ließen einander ihre Liebe spüren. Es gab keine Grenzen. Dazu gab es auch keinen Grund. Sie waren so allein, wie sie es sich nicht einsamer und ruhiger hätten wünschen können. Der Mond leuchtete, das Wasser glitzerte, und sie liebten sich. Bis sie einfach nur noch da lagen, ganz eng beieinander, und in die Nacht sahen. Halb im Wasser, halb am Strand. Die Romantik hatte verdammt dick aufgetragen.

„Ich friere", sagte Marco nüchtern.

Dieses Wochenende war für Kai nicht einfach nur ein Erlebnis. Es war für ihn wie eine Offenbarung, ein Geschenk. Dieses Wochenende baute ihn unheimlich wieder auf, gab ihm unendliche Kraft zurück. Am Ende der vergangenen Woche, bevor sie abfuhren, fühlte er sich seinen Kollegen und dem Leben nicht mehr gewachsen. Und nun, am Anfang einer neuen Woche, fühlte er sich stark wie nie zuvor.
Rechtzeitig räumten sie wieder ihre Sachen zusammen und verstauten sie im Auto. Sie wollten noch vor der Abenddämmerung wieder zu Hause sein.
Kai vermisste die Zweisamkeit, die er mit Marco in dieser Einsamkeit erlebte, schon bevor sie wieder auf dem Rückweg waren. Das Packen erinnerte ihn schmerzlich daran, und immer wieder sah er glücklich zu Marco herüber. Glücklich über die vergangene Zeit.

Als sie wieder zu Hause ankamen, wartete die Stadt schon auf sie. Die Dunkelheit und die Nässe auf den Straßen waren trostlos. Alles war trostlos. Kai fühlte sich trostlos, versuchte aber, sich nichts anmerken zu lassen. Es gelang ihm nur schwerlich, aber es gelang ihm.

Kais Mutter schaltete die Tischleuchte auf der kleinen Kommode im Flur aus. Schlendernd ging sie durch die Wohnung und sah sich um. Es war fast Mitternacht, als sie sich endlich dazu entschließen konnte, doch zu Bett zu gehen. Sie sah ihre Fernsehsessel und die kleinen Tische, die dabei standen, und sie sah den gegenüberstehenden Fernseher. Sie betrachtete die Bilder an der Wand, die gemalten und die Fotografien. Dann, im Schlafzimmer, fand sie vor einer Schublade ein Paar zusammengerollte Socken ihres Mannes. Er hatte sie wohl übersehen, als er Freitagnacht überstürzt aus der Wohnung gestürzt und in ein Hotel gezogen war.
Sie konnten sich nicht einigen, wie sie mit der Situation ihres Sohnes umgehen sollten. Kais Vater zeigte sich schlicht zu uneinsichtig. Unfähig, die Gefühle seines Sohnes zu akzeptieren. Lieber stand er dem Glück seines Sohnes im Wege, als seine Meinung zu ändern.

Marcos und Kais Rückkehr von irgendwo und wie sie ihre Taschen wieder in das Haus trugen wurde mit gemischten Gefühlen von Claudia registriert. Einerseits erleichtert über das Erscheinen, andererseits rasend vor Eifersucht, weil das Ziel dieses Kurztrips und das dort Geschehene unbekannt waren. Stunden hatte sie an diesem Tag vor Marcos Wohnung gewartet. Ihre Abfahrt am Freitag hatte sie nicht mitbekommen. Viele sinnlose Stunden hatte sie am Freitag nach der unbemerkten Abfahrt der beiden Jungen vor Marcos Wohnung verbracht. Auch am Sonnabend war sie Stunden in ihrem Wagen sitzen geblieben. Verbittert hatte sie sich ihren Gefühlen hingegeben. Hatte ihnen nicht trotzen können, war ihnen hilflos ausgeliefert gewesen. Bis spät in die Nacht zum Sonntag hatte sie vor der Wohnung gesessen und am Sonntag schon wieder ganz früh. Mit aufheulendem Motor verschwand sie nun wieder nach der Rückkehr der beiden in der Dunkelheit. Marco und Kai waren noch nicht einmal im Hausflur verschwunden. Claudia konnte den Anblick einfach nicht mehr ertragen. Sie erkannte fast nichts, dazu stand sie zu weit entfernt. Aber das offensichtliche Glück, dass die beiden hatten, konnte sie nicht länger ertragen. Wie ein Dolch bohrte sich beider Lächeln in ihr Herz. Rührte unerbittlich darin herum. Wie war es bloß so weit gekommen? Sie hatten alles gehabt, und nun verfolgte sie ihn. Steigerte sich weiter und weiter in diese Verfolgung hinein, ohne zu ahnen, wohin es sie führen sollte.

Elf

Der neue Tag begann für Kai überraschend anders. Er wachte ganz normal, wie in den vergangenen Tagen der Vorwoche auch, von dem lauten Spiel des Radioweckers auf. Aber er hatte ein Gefühl, welches er schon lange nicht mehr verspürt hatte. Es war eine seltsame Art der Ruhe. Er stieg ohne eine beklemmende Angst aus dem Bett. Anders, als er es in der Vergangenheit getan hatte. Er konnte nahezu befreit in die Dusche steigen, und er verspürte keine Störungen in der Magengrube, weil er auf dem Weg zur Arbeit war und dort seine wenig rücksichtsvollen Kollegen wieder treffen würde.

Sein Auto sprang an diesem Morgen nicht an, und da er Marco damit nicht behelligen wollte, stieg er kurzerhand in die nächste Bahn. Schaukelnd von der Fahrt, sah er aus dem Fenster. Beobachtete das Treiben auf den Straßen und den Frust, der sich diesmal ohne ihn in den Staus breit machen musste. Ausnahmsweise genoss er mal diese andere Art der Fortbewegung, um zur Arbeit zu kommen.

Ihm war klar geworden, dass dieses Wochenende mehr bei ihm bewirkt hatte als bloße Erholung. Dieses Wochenende hatte ihm ganz persönlich etwas gebracht. Er hatte an diesem Wochenende so viel gespürt, was er im ersten Moment nicht in der Lage war wahrzunehmen ihm aber in diesem Moment in der Bahn bewusst wurde. Er spürte alles, was er auch bei Andrea gespürt hatte. Aber entscheidender war, dass er noch viel mehr gespürt hatte. Etwas, was ihm immer gefehlt hatte. So wurde ihm nach diesem Wochenende klar, dass es daran lag, dass er nun mit einem Mann zusammen war, und dass ihn nur das Zusammenleben mit einem Mann wirklich glücklich machen konnte. Er hatte endgültig erkannt, dass er homosexuell war. Wichtiger als das Erkennen war es allerdings, dass er sich das erste Mal dazu im Stande fühlte, dazu zu stehen und es zuzugeben. Er konnte sich nun vor einen Spiegel stellen und es sich selbst ins Gesicht sagen. Er konnte dazu stehen und fühlte sich gut dabei, weil er wusste, nur so würde er glücklich sein können.

Die Bahnfahrt ging zu Ende. Er war angekommen. Eher, als er es zu den besten Bedingungen mit dem Auto hätte schaffen können. Aber so waren die Menschen nun einmal. Hatten sie sich das Luxusgut Auto gekauft, musste es auch bewegt werden, auch wenn es länger dauerte als die lästige Bahnfahrt.

Manchmal, auch beim Verlassen der Bahn, überkam ihn der Gedanke, ob ihm die Menschen es ansehen konnten, dass er schwul war. Aber er wusste, sie konnten es nicht.

Ganz unbehelligt von seinen Kollegen konnte Kai mit der Arbeit beginnen. Niemand, der ihn störte oder ihm lästige Fragen stellte. Erst am späteren Vormittag begegnete er nach und nach seinen Kollegen. Er grüßte ganz freundlich, und eher beschämt als freundlich grüßten sie zurück. Nur seinen Kollegen Klaus, der ihn, von seinen

Kollegen gedrängt, mit seinen Fragen in die Enge getrieben hatte, nahm er sich beiseite.

„Klaus ...", begann er ganz ruhig, während er ihn immer weiter in eine Ecke drängte, „... ich weiß, es muss abstoßend für dich sein, mit jemandem wie mir gesehen zu werden und, Gott bewahre, sogar mit mir zu sprechen, aber lass mich dir etwas sagen: Kritisiere meine Arbeit, wenn du kannst aber lass dir nie wieder einfallen, dich über mein Privatleben auszulassen. Denn es muss furchtbar peinlich für dich sein, mit jemandem wie mir aneinander zu geraten. Und du kannst sicher sein, das würde passieren, wenn du mich derart provozieren würdest."

Klaus sah Kai verwirrt an. So viel Offensive hatte er nicht erwartet, und er wollte sicher keinen Ärger.

„Da du offenbar keine Einwände hast, haben wir uns ja verstanden. Prima, dann können wir ja weiterarbeiten."

Überlegen klopfte Kai seinem Kollegen zum Abschied auf die Schulter und ging in die Mittagspause. Klaus blieb noch für einige Sekunden stehen und sah Kai nach. Kais Worte hatten ihre gewünschte Wirkung nicht verfehlt. Klaus war kein besonders widerstandsfähiger Typ. Er war ein Mitläufer, der sehr schnell zu entmutigen war. Kai hatte von jenem Moment an seine Ruhe vor Klaus.

Für Kais Mutter verlief dieser Tag sehr ruhig. Sie hatte keine Tagesverpflegung für ihren Mann vorzubereiten, und frisch zu kochen brauchte sie am Abend auch nicht. Ihr selber genügte eine Dosensuppe. Sie drehte am Tag ihre Runden mit dem Staubsauger und nutzte den Tag, um mal in Ruhe ihre alten Kleidungsstücke auszusortieren.

Kais Vater ging vom Hotel direkt zur Arbeit und hatte die Frage auf den Auszug aus seinem Zimmer für den gleichen Tag mit Bestimmtheit verneint. Er war sicher, er würde einige Tage wohnen bleiben.

So war es am Abend dann auch nicht sein Vater, der die Tür zur elterlichen Wohnung öffnete.

„Hallo, ich wollte mal sehen, wie es so geht", sagte Kai zögerlich. Er traf seine Mutter im Fernsehsessel an.

„Hallo, Kai, wie schön ... komm her, setz dich."

„Du bist allein?"

„Ja, dein Vater ist für ein paar Tage nicht da."

„Wie kommt's?"

„Nun, wir hatten einen Streit."

„Wegen mir ..."

„Wegen dir."

„Oh ..." Kai war überrascht.

„Warum ‚oh‘, dachtest du nicht, dass wir uns darüber auseinander setzen würden?"

„Ich weiß nicht. Ihr habt euch so gut wie nie gestritten. Ich dachte nicht, dass so etwas noch mal vorkommen sollte."

„Tja, du hast uns eben den Stoff dafür geliefert."

„Das tut mir leid."

„Muss es nicht", winkte seine Mutter ab, „du kannst ja letztendlich auch nichts dafür. Doch ein wenig plötzlich kam es schon."

„Für mich auch", erwiderte Kai.

„Ich bin nur wegen einer Sache wütend. Warum hast du nichts gesagt? Es war nicht gerade schön, wie ich bei Andrea aufgelaufen bin. Das war mir ganz schön peinlich, vor all den Leuten."

„Tut mir leid. Ich hatte Angst."

„Herrgott, wir sind deine Eltern!"

Es brach Schweigen aus. Was sollten sie sagen. Kai sah ein, dass es falsch gewesen war, nicht dafür zu sorgen, dass sie es nicht auf diese Art erfahren musste. Aber sogar jetzt noch fühlte er sich sehr unwohl seiner Mutter gegenüber. Er konnte sich einfach nicht vorstellen, dass sie es verstand. Der Illusion, dass es ihr nicht einmal etwas ausmachen würde, konnte er sich ohnehin nicht hingeben.

Für seine Mutter war die Situation ebenso neu wie für Kai selber. Sie fühlte sich auch nicht sonderlich wohl. Auch sie wusste noch nicht, inwieweit sie es schon verstehen konnte. Sie verspürte einfach nur den Drang, ihren Sohn zu unterstützen. Notfalls auch gegen seinen Vater.

„Und wie soll es jetzt mit euch weitergehen?", fragte er.

„Ach, dein Vater wird schon zur Besinnung kommen. Er wird einige Tage murren, aber dann wird er hier wieder auftauchen. Ich weiß aber nicht, wie er sich dir gegenüber verhalten wird. Ich kann dir nur versprechen, dass er dich aus dieser Wohnung niemals herauswerfen wird. Dafür werde ich sorgen. Wie aber euer Verhältnis in Zukunft aussehen wird, weiß ich nicht. Da wirst du dir etwas einfallen lassen müssen, wenn du wieder mit ihm auskommen willst."

„Ich werde mir wohl nichts einfallen lassen. Er wird sich damit abfinden müssen, oder er lässt es."

Sie saßen beinahe noch den ganzen Abend beisammen und sahen fern. Irgendwann war es spät, und Kai ging. Wehmütig, aber ohne sich etwas anmerken zu lassen, ließ seine Mutter ihn ziehen. Was sollte sie tun? Er musste seinen eigenen Weg finden und ihn gehen. Sie konnte ihm dabei nicht mehr helfen. Es war ihr gerade dadurch unmöglich geworden, weil sie es eben nicht wirklich

verstehen konnte. Fast hilflos fühlte sie sich, als hätte sie ihren Sohn verloren. Dass er auch einfach nur sein Glück finden wollte, sah sie in diesem Fall nicht. Er machte einen Fehler, dachte sie. Er tat nicht das, was alle anderen auch machten.
Genau genommen, verteidigte sie ihn nur vor seinem Vater, weil er ihr Sohn war, nicht, weil sie sein Handeln als richtig empfand.

Es war spät geworden an diesem Abend. Kai hat es genossen. Auch wenn sie den restlichen Abend nur vor den Fernsehgerät gesessen hatten. Er genoss die Ruhe, die mütterliche Geborgenheit, die er selbst in dieser Situation spürte.
Als er die Tür zu Marcos Wohnung öffnete, bemühte er sich, leise zu sein. Das Licht war gelöscht, und so vermutete er, dass Marco schon zu Bett gegangen war. Es war wirklich spät. Als er sich im Schlafzimmer auszog, tat er dies im Dunkeln. Marco hatte einen lichtempfindlichen Schlaf, und er wollte ihn nicht wecken. Das Schlafzimmer wirkte sehr aufgeräumt, was Kai im ersten Moment nicht bewusst auffiel. Es waren keine Kleidungsstücke verteilt, wie sonst üblich für Marco. Erst als Kai sich ins Bett legte, bemerkte er, dass Marco selbst nicht zu Hause war.
Erschrocken fuhr er hoch und sah auf den Radiowecker. Es war 1 Uhr 28, also wirklich spät, bedachte man, dass beide am nächsten Tag wieder arbeiten mussten. In jedem Raum suchte er nach einer Nachricht, auf der stünde, dass er nicht auf ihn zu warten bräuchte, aber er fand keine.

Schlafen konnte Kai nicht. Aber was sollte er tun? Also ging er wohl oder übel zu Bett. Er bemerkte nicht mehr, wann Marco kam. Schon bald war er doch eingeschlafen.

Übermüdet und mit seinen Gedanken bei Marco und bei seiner Mutter, wie sie vor dem Fernsehgerät saß.
Es war 4 Uhr 30, als Marco ihn beim Schlafen beobachtete. Ein kleines Licht im anderen Zimmer hatte er eingeschaltet, und so konnte er ihn gut sehen. Ruhig und lautlos zog er sich aus. Er betrachtete Kai und empfand den verbleibenden Platz in seinem eigenen Bett als zu gering, um wirklich gut schlafen zu können. Er wurde sich immer sicherer. Er musste Kai wieder aus der Wohnung bekommen. Seine Ruhe wollte er haben, seine Freiheit. Er hatte genug von den Einschränkungen. Er hatte genug vom Rücksichtnehmen.
Aus seiner Hose holte er einen kleinen Zettel hervor. Im Dämmerlicht sah er ihn sich eine Weile an und entschloss sich dann doch, den Zettel zerrissen die Toilette herunterzuspülen. Er hatte nicht, vor den Typen noch einmal wieder zu sehen. Was er erleben wollte, hatte er erlebt. Mehr wollte er von dem Unbekannten nicht.

Marco legte sich nicht zu Kai ins Bett. Er blieb im Wohnzimmer sitzen und sah sich das Nachtprogramm an. Doch irgendwann schaltete er aus und schlief doch ein. Auf der Couch und sehr unbequem. Kein Fest für seine Knochen.

„Warum bist du nicht ins Bett gekommen?" flüsterte Kai leise, nachdem er Marco am nächsten Morgen durch sanftes Schütteln wach bekommen hatte. Die Zeit, um sich wieder auf den Weg zur Arbeit zu machen, war gekommen.
„Ich wollte dich nicht wecken." Marco rieb sich die Augen.
„Ich gehe jetzt, du musst auch gleich los."

„Ich gehe heute nicht zur Arbeit", sagte Marco. „Ich fühle mich nicht so gut."
„Dann erhole dich gut! Bis heute Abend."
Zärtlich strich Kai Marco über sein Gesicht.

Marco ließ sich in seine Couch zurückfallen. Kai war gegangen.
„Verdammt ...", entwich es ihm lautstark.

Marco nutzte die Ruhe, die er hatte. Zum ersten Mal seit langem. Bei seinem Chef hatte er sich krankgemeldet, und so hatte er einen ganzen Tag für sich allein. Er begann den Tag mit einer ausgiebigen Dusche. Immer wieder ließ er sich das Wasser über sein Gesicht laufen.
Er rang mit sich selber. Er hatte keine Antwort darauf, warum es ihn so schnell störte, mit Kai zusammen zu sein. Warum hatte er Kai so schnell überbekommen? Warum störte er ihn so sehr, wo ihn doch bei ihm vor kurzem noch die Leidenschaft packte? Was war nur los mit ihm? Er fragte sich das selbst. Doch von einer Antwort war er weiter entfernt, als er es sich vorstellen konnte. Ihm war nur klar, dass er mit Kai nicht länger so ausgiebig zusammen sein wollte. Das war eine von den Erkenntnissen, die er an dem Wochenende in Dänemark gehabt hatte. Mit Claudia war es etwas anderes. Sie ging immer mal wieder nach Hause, aber Kai wollte eher gleich als später bei ihm einziehen. Und dann erkannte er auch die Liebe als ein Problem. Kai liebte ihn, und das wusste er. Doch, und das erkannte er, er liebte Kai nicht wirklich. Er hatte Spaß an und vor allem hatte er Spaß mit Kai. Doch je mehr Kai ihn mit seiner Liebe bedrängte, um so weniger Spaß konnte er haben. Er genoss es nicht mehr. Vielleicht fühlte er sich schuldig, weil er ihn nicht liebte, das wusste er nicht genau. Aber

auf jeden Fall begann er langsam damit, sich schuldig zu fühlen, weil er die Liebe nicht in der Lage war wirklich zu erwidern. Er suchte seinen Spaß, und er wollte Kais Liebe nicht auf diese Weise ausnutzen.

„Na, wieder da?“, fragte der Mann hinter der Kasse.
„Gib mir noch eine Karte“, sagte Marco.
„Hier, hast du ... viel Spaß.“
Marco verschwand hinter der nächsten Tür.
Es war kurz nach elf an diesem Morgen, an dem er sich krankgemeldet hatte, und die Ablösung hinter der Kasse sollte in diesem Gaykino erst gegen 12 kommen. Diese Zeiten sind von Kino zu Kino unterschiedlich.

Was immer Marco in dieses Kino getrieben hatte, es hatte ihn wenige Stunden später wieder in seinen Bann gezogen. Er musste wieder hinein. Dasselbe Kino wie in der Nacht zuvor. Sogar die Pornos waren dieselben. Einige erkannte er wieder. Es war nicht so voll, wie es in der Nacht gewesen war, aber ein paar Männer waren doch da. Sein Herz schlug schneller. Er war aufgeregt, obwohl er sein erstes Abenteuer in einem Darkroom nur wenige Stunden vorher bestanden hatte. Er wollte es wieder erleben. Wieder mit einem Mann, den er nicht kannte. Wieder Sex ohne Worte, nur aus Spaß, nur um dem Trieb nachzugeben. Ohne das lästige Gefühl der Liebe, das Kai immer wieder mit ins Spiel brachte. Er konnte es nicht mehr hören.
Es dauerte nicht lange, bis wieder ein Mann Interesse zeigte. Kein Wunder, Marco sah gut aus und war jung. Er hatte also die besten Voraussetzungen. Die Tür der kleinen Kabine schloss sich hinter Marco. Was würde er jetzt erleben? Welche Spielart würde er nun kennen lernen? Er war aufgeregt, und dann schloss er die Augen.

Eine knappe Stunde später übergab er sich über einer stinkenden Toilettenschüssel. Er konnte es nicht verhindern. Es war nicht so aufregend gewesen wie beim ersten Mal. Es war ekelig und hart gewesen. Er hatte Schmerzen beim Gehen, und unter seiner Jeans färbte sich seine Short ein wenig blutig.

„Mir ging es heute Morgen nicht so gut, und mir geht es jetzt auch noch nicht so gut. Ich will heute nicht", sagte Marco.

Kai akzeptierte die Zurückweisung. Und dass Marco so gereizt war, erklärte er mit einer Erkältung oder was immer er als Grund gehabt hatte, um sich am Morgen krankzumelden. Er konnte gut zwei Tage ohne Sex leben. Er hoffte nur, dass es Marco bald wieder besser ging.

Ein paar Stunden später gingen sie gemeinsam zu Bett und schliefen irgendwann nebeneinander ein. Kai schmiegte sich an Marco an und bemerkte nicht, wie dieser starr auf den Radiowecker sah.

Tage vergingen. Marco ließ sich nichts anmerken, und Kai bemerkte nichts davon, dass Marco sich mit seinen Gefühlen immer weiter von ihm entfernte. Der Sex ließ nach, aber was bedeutete dies schon? Sie gingen zur Arbeit, redeten über den Tag, Alltag eben. Der Zauber schien verzogen. Kai versuchte mit der Situation zurechtzukommen. Übliche Schwierigkeiten in einer nicht einfachen Phase der Beziehung.

Kais Vater zog unterdessen wieder zu Hause ein. Das Verhältnis zu seiner Frau blieb ein wenig gespannt, wurde aber auch nicht schlechter. Sie vermieden das Thema, das sie auseinander getrieben hatte. Auch wenn es nur aufgeschoben war. Wie sollte es weitergehen, wenn Kai mal wieder zu Hause schlafen wollte? Wie sollte nur endlich wieder Normalität in ihr Leben einkehren? Kais Mutter machte sich nach wie vor existenzielle Sorgen über ihr Leben mit ihrem Mann, mit der ganzen Situation. Sie fragte sich immer wieder, warum es gerade ihre Familie treffen musste. Man hatte noch nicht einmal in der Bekanntschaft etwas über derartige Probleme gehört, und nun hatte es sie so unerwartet getroffen.

Kai wollte die Schwierigkeiten in seiner Beziehung mit Marco nicht allein durchstehen. Er war sich nicht sicher, ob Marco überhaupt bemerkte, dass etwas ihre Beziehung störte. Marco reduzierte seine abendlichen Aktivitäten auf die Anwesenheit vor dem Fernsehgerät. So auch an diesem Abend.
„Kann ich dich etwas fragen?“, begann Kai zaghaft.
„Sicher.“
„Denkst du, dass bei uns alles gut läuft?“
„Wie meinst du das?“, Marco war erleichtert. Hatte er Kai endlich so weit, dass er Fragen stellte. Endlich konnte er versuchen, die Situation so zu lenken, dass er seinem Ziel näher kam.
„Ach komm, irgendetwas stimmt doch nicht.“ Kai fühlte sich nicht wohl bei dieser Unterhaltung, aber er war sicher, dass sie nötig war.
„Gut, wenn du es hören willst: Du wohnst schon fast hier.“
„Und das stört dich?“
„Ja.“
Kai war geschockt. Was war aus der Liebe geworden? Er hatte von Anfang an gedacht, sie wären nur glücklich, wenn sie ununterbrochen beisammen sein würden.

„Ich mag diese Enge nicht. Ich möchte auch mal für mich allein sein. Geht dir das nicht auch so?"

„Ich war eigentlich immer dann glücklich, wenn wir zusammen waren", sagte Kai leise.

„Aber mir ist das zu viel geworden."

„Soll ich ausziehen?"

„Was heißt ‚ausziehen'? Du bist doch noch nicht einmal eingezogen. Du übernachtest bloß hier."

Kai war entsetzt. Die, seiner Meinung nach, schlechteste Entwicklung für dieses Gespräch war eingetreten. Sprachlos vernahm er Marcos Worte.

„Ich fände es gut, wenn du erst mal wieder bei dir zu Hause schlafen würdest." Endlich war es raus. Marco beobachtete Kai. Er sah es mit Erleichterung, dass Kai so gelähmt war. So brauchte er sein Flehen und Bitten nicht befürchten. Kai würde es schlucken.

Kai sah sich kurz in der Wohnung um, ob es etwas Wichtiges gab, was er brauchte und deshalb unbedingt mitnehmen musste. Er entdeckte nichts. Viel von seinen Sachen waren wirklich noch nicht hier. Genau genommen, gar nichts. Bis auf ein paar Kleidungsstücke. Marco saß noch immer vor dem Fernsehgerät. Nebenbei beobachtete er unauffällig, wie Kai seine Sachen zusammensammelte.

„Wann sehen wir uns?", fragte Kai.

„Lass uns erst einmal ein paar Tage Zeit. Ich weiß es noch nicht."

Kai ging. Einige Sachen über seinen Arm gelegt und den Kopf gesenkt, stieg er die Stufen des Treppenhauses hinunter. Beim Einsteigen in seinen Wagen sah er noch einmal hinauf zu Marcos Wohnung. Nichts regte sich. Keine Gardine. Marco kam nicht ans Fenster. Kai hatte sich wenigstens das gewünscht. Nichts trat ein.

Mehr als eine Stunde war er in der Stadt umher gefahren, bevor er sein Elternhaus betrat. Kai war mehr als nur erleichtert, als keine Reaktion von seinen Eltern kam. Wie klein kam ihm sein Zimmer in diesem Moment vor. So viele Nächte war er noch nie seinem eigenen Bett ferngeblieben. Und nun war er wieder da. Fand alle seine Sachen ganz so vor, wie er es gewohnt war. Als es an seiner Zimmertür klopfte, war etwa eine Stunde vergangen.

„Hatte ich mich also doch nicht verhört“, sagte seine Mutter sanft.

„Nein.“

„Schön, dass du mal wieder da bist.“

„Ja ... mal wieder im eigenen Bett schlafen.“ Seine Freude wirkte gequält.

„Ärger im Paradies?“

„Sieht fast so aus.“

„Mach dir nichts daraus. Der vergeht auch wieder.“ Sie stand in der Tür und sah sich das Zimmer ihres Sohnes an. Die Plakate, die Bilder an der Wand. Dann warf sie ihm ein kurzes Lächeln zu und schloss die Tür. Sie hatte ihren Sohn wieder. So empfand sie es.

Die ersten Tage seiner wiedergewonnenen Freiheit nutzte Marco noch nicht allzu ausgiebig. Er hatte seine schlechte Erfahrung der letzten Woche noch nicht vergessen. So suchte er sich für seine nächste Unternehmung eine bessere Lokalität aus. Ein Lokal, in dem man einfach etwas trinken konnte und, wenn man dann unbedingt wollte, auch jemanden kennen lernen konnte. Für Außenstehende war nicht zu erkennen, dass dieses Café fast ausschließlich von Männern besucht wurde. Es wirkte von Außen fast ein wenig bieder, es fehlten nur die alten Damen mit ihrer Schwarzwälder Kirschtorte.

Am ersten Abend war er nur dort, um etwas zu trinken. Auch am zweiten Abend tat er nichts anderes. Er reagierte auf keinen der Blicke, die ihm zugeworfen wurden. Er hatte kein Interesse. Was ging nur in ihm vor? Was wollte er eigentlich? Das Einzige, was er wusste war, dass er hier diesmal gar nichts wollte. Er wollte mal wieder etwas anderes. Marco machte sich keine Gedanken über das, was ihn trieb. Nicht einmal über die Tatsache, dass ihn irgendetwas trieb, machte er sich Gedanken. Er ließ sich einfach treiben.

Als er das Lokal verließ, tat er das ohne Ziel. Er ließ sich auch auf diesem Weg treiben. Wohin, wusste er nicht. Ein anderes kleines, fast verschlafenes Lokal war es, wo er hängen blieb. Nicht allzu weit entfernt von dem letzten. Es war ruhig, die Musik säuselte im Hintergrund. Nur vereinzelt saßen ein paar Personen.

„Was darf es sein?“

„Ein kleines Bier.“

Eine kleine ältere Frau fuchtelte hinter dem Tresen mit einem Handtuch herum und machte sich sofort an das bestellte Bier. Marco blieb am Tresen. Die kleinen Tische gefielen ihm nicht. Es dauerte nicht allzu lange, bis er sein Bier ausgetrunken hatte und weiterzog. Dass ihm ein kleiner dunkler Wagen folgte, bemerkte er nicht. Claudia verhielt sich sehr geschickt bei ihren Beobachtungen.

Den großen Schreibblock, den sie bei sich hatte, hatte sie schon zur Hälfte beschrieben. In allen Einzelheiten, die sich vor ihr offenbarten, schrieb sie Marcos Leben mit. Der Fehler, ihn für einen ganzen Tag oder länger aus den Augen zu verlieren, sollte ihr nicht noch einmal widerfahren. Sie wurde in dieser Zeit zum unbekannten Wesen. Ihre Eltern bekamen sie fast gar nicht mehr zu

Gesicht, und auch in der Firma begann man, sich Sorgen über sie zu machen. Fast eine Woche fehlte sie nun schon unentschuldigt. Sie wechselte nur noch selten ihre Kleidung, weil sie befürchtete, Marco aus den Augen zu verlieren. Sie ergab sich völlig ihrem Wahn.

Marco fuhr durch die Stadt, auf der Suche nach einem neuen Ziel. Einem Ziel, von dem er hoffte, dass es ihm geben könnte, was er suchte. Aber was suchte er? Er hatte eine lange Beziehung zu einer Frau gehabt. Die hatte er aufgegeben, für eine Beziehung zu Kai. Und auch diese Beziehung gab er jetzt auf. Nur für was, war ihm noch nicht klar. Was trieb ihn bloß dazu, täglich durch die Nacht zu streifen und One-Night-Stands zu suchen. Er fühlte sich einsam und bedrängt zugleich. Beide Gefühle waren stark. Aber keines der Gefühle war stark genug, das andere zu besiegen. War das der Grund, warum er seine Beziehungen nicht ertrug? Diese Frage stellte sich gerade im dem Moment, als er eine höllenlaute Disco betrat.

Er tauchte ein. Ein in die laute Musik, in die Menschenmenge, die sich rhythmisch dazu bewegte. Er tauchte ein in den Rausch der drückenden Luft, und er tauchte ein in den Ecstasy-Rausch, den ihm ein unscheinbarer Dealer ermöglicht hatte. Die Musik drang in ihm ein. Durchdrang ihn bis in die Fingerspitzen, bis in jedes Haar. Sein Herzschlag passte sich den Beats der Musik an. Er wurde eins mit der Musik. Erst war er allein mit sich und der Musik. Die anderen Tanzwütigen nahm er nicht war. Lange war er allein. Zwei Stunden, drei ... bis er den gleichen Rhythmus mit einer unbekannten Schönen hatte. Tief sahen sie sich beim Tanzen in die Augen. Rieben ihre schweißnassen Körper aneinander.

Es prickelte, die Musik durchdrang ihn immer mehr, er konnte nicht entfliehen, er konnte nur weitertanzen. Er war so einsam in dieser Musik, mit dieser Frau. Sie hatte sich irgendwann in sein Ohr flüsternd vorgestellt. Auch er tat es. Aber wie sie hießen, wussten sie beide nicht. Der Rausch war so groß. Nie hatte er so etwas erlebt, nie wieder wollte er so etwas erleben, aber er war gefangen in dem Rausch. Gezwungen zum Rhythmus in der dröhnenden Musik.

Dann war es still. Keine Musik durchdrang ihn. In einer Ecke saßen sie, abseits der tanzenden Menge. Der Rausch war unvermindert stark. Bloß nahm er nichts wahr. Sie nahmen beide nicht war, wie sehr sie sich umschlangen, wie sehr sie sich küssten. Sie taten es einfach. Der Rausch nahm ihnen jedes Bewusstsein. Wie sie in Marcos Wohnung kamen, bekamen sie nicht mit. Sie waren einfach irgendwann da. Und sie küssten sich weiter. Fielen ins Bett und liebten sich. Sie liebten sich so lange, bis der Schlaf sie übermannte.

„Nanu, was ist denn das?", sagte Claudia weit entfernt in ihrem kleinen dunklen Wagen. „Der weiß auch nicht, was er will. Erst die ganzen Männer und jetzt die Frau. Aber das ändert auch nichts mehr."

Der Morgen kam. Der Rausch war vorbei. Ausgestanden. Marco sah sie an, wie sie in seinem Bett schlief. Mit dem Kaffee in der Hand stand er daneben. Er bereute es nicht, aber es erfüllte ihn auch nicht. Er fühlte sich noch einsamer als vorher. Sollte er doch zu Kai zurückkehren?
„Guten Morgen", sagte er, als sie sich regte.
„Guten Morgen ..." Etwas verwirrt sah sie sich um. „Ist es also tatsächlich geschehen", stellte sie ernüchtert fest.
„Ja, ist es. Bereust du es?"

„Nein, warum sollte ich.“
„Das Bad ist die linke Tür im Flur. Willst du einen Kaffee?“
„Nein.“

Während sie sich im Bad frisch machte, beseitigte er die Spuren ihres nächtlichen Treibens. Es war ein Gewittersturm, der sie übermannt hatte, und das sah man.
„Du heißt Marco, oder?“, fragte sie, als sie aus dem Bad kam.
„Stimmt.“
„Hatte ich mich gestern also doch nicht verhört.“ Ihr Haar tropfte noch etwas, als sie es trockenrieb.
„Du bist Iris.“
„Richtig, du hast es also doch mitbekommen.“
„Gerade so ... Ich war ganz schön weg.“
„Wer war das nicht.“ Iris sammelte ihre Sachen zusammen und zog sich wieder an. „Aber ich fand es gar nicht so schlecht“, meinte sie.
„Ich weiß nicht, es war das erste Mal, dass ich etwas genommen habe.“
„Du gewöhnst dich daran.“
Marco sah sie ungläubig an.
„Sag mal ...“, sagte sie sanft und kam ihm näher, „... wann sehen wir uns wieder?“
„Gar nicht“, sagte er trocken.
„Wie meinst du das, gar nicht?“
„Wie soll ich das schon meinen? Das war eine einmalige Sache.“
„So ... eine einmalige Sache war das also.“ Iris wurde wütend. „Sag mal, spinnst du? Mir das so vor den Kopf zu knallen?“
„Wenn du es nicht vertragen kannst, hättest du nicht mitkommen sollen.“

„So hat sich das aber gestern nicht angehört."
„Gestern war gestern", stellte Marco fest.
„Das finde ich ziemlich mies von dir!"
„Ist mir egal! Verschwinde jetzt!", sagte er ruhig.
„Was ... was war das eben?", fragte Iris ungläubig.
„DU SOLLST VERSCHWINDEN!", schrie er.
Vor Wut lief sie rot an.
„Hau endlich ab." Verachtend wendete er sich um.
Iris war geschockt. „Du hast ein Problem, weißt du das?",
brüllte sie. „Du bist doch nicht mehr ganz dicht."

Wütend stürmte sie aus seiner Wohnung und warf die Tür
zu. Die Wucht ließ die Fensterscheiben klirren. Marco
blieb zurück. Sah kurz zur Tür und öffnete dann die
Fenster zum Lüften. Er war sich auch jetzt noch nicht
klar, was er wollte. Er hatte nichts erwartet, aber er hatte
gehofft, dass er auf Grund der Nacht wissen würde, was
er wollte. Er wusste es nicht.

An diesem und auch an den folgenden Abenden war er
wieder in dem Lokal, in dem ihm die Männer ihre Blicke
zuwarfen. Langsam fing er an, es zu genießen. Er genoss
zumindest ihre Blicke auf seinem Körper. Nur reagieren
mochte er noch nicht auf sie. Er bemerkte nicht einmal,
dass ihr Interesse nichts an seiner Einsamkeit änderte. Er
ließ sich mustern, das war's.

Zwölf

Kai hatte eine Entwicklung durchzumachen. Er litt unter der Trennung von Marco, und er wuchs an seiner Erkenntnis, schwul zu sein. Was von beiden ihn mehr prägte, wusste er nicht. Sein Vater strafte ihn mit Nichtachtung. Nur seine Mutter umsorgte ihn, wie sie es für einige Zeit nicht gekonnt hatte. Die Zeit, als er von Marco derart eingenommen war, dass sie ihn zu selten zu Gesicht bekam, um ihrer mütterlichen Fürsorge nachkommen zu können . Mit Argwohn beobachtete sie das Verhalten ihres Mannes. Lange wollte sie es nicht mehr erdulden.

Kai ging morgens zur Arbeit und kam abends wieder nach Hause. Der Tag in allen Einzelheiten. Kein Zustand, wie es ewig weitergehen konnte. Er spielte mit dem Gedanken, in den nächsten Tagen zu Marco zufahren. Er hoffte, Marco würde es nicht so endgültig meinen, wie er es hatte durchblicken lassen. Kai hatte noch die Hoffnung auf eine Chance mit Marco. So gering sie auch war, er wollte sie nutzen.

Seine Mutter hatte unterdessen andere Pläne.

„Ich bin mir nicht sicher, ob es das Richtige ist, dass ich hier mit dir rede. Aber ich denke, es wäre einen Versuch wert", sagte sie etwas unentschlossen.

„Ich weiß auch nicht, was Sie jetzt von mir erwarten", sagte Andrea ebenso verblüfft wie distanziert. Sie war sehr überrascht gewesen, als Kais Mutter sie angerufen und gefragt hatte, ob sie sich treffen könnten.

„Andrea, ihr kennt euch so lange, wart so lange zusammen. Ich komme einfach nicht an ihn heran. Ich hatte gehofft, du würdest mal mit ihm reden wollen."

„Wollen Sie uns wieder zusammenbringen, oder was?" Andrea wirkte empört.

„Auch wenn ich mir das wünschte. Ich weiß nicht, ob das möglich wäre."

„Ich würde es wohl auch nicht mehr wollen", meinte Andrea.

„Wie gesagt, ich komme nicht an ihn heran. Ich weiß nicht, was in ihm vorgeht. Ich fühle mich so hilflos. Ich möchte ihm gerne helfen, weiß aber nicht wie."

„Vielleicht sollten Sie aufhören, ihm ständig helfen zu wollen. Er ist erwachsen. Er sollte wissen, was er tut." Andrea holte tief Luft. „Wissen Sie, ich finde es schon ziemlich heftig, dass Sie ausgerechnet mich fragen. Mir hat die Trennung von Kai sehr wehgetan. Ich brauchte eine lange Zeit, bis ich darüber hinweg war. Und jetzt kommen Sie und rühren wieder in der Wunde herum."

„Wahrscheinlich hast du Recht, Andrea. Ich hätte dich damit nicht belästigen sollen. Es ist wohl zu viel verlangt", räumte Kais Mutter ein.

„Ja, es ist zu viel verlangt. Aber ich werde ihn morgen nach seiner Arbeit abfangen." Andrea stand auf, hängte sich ihre Tasche über die Schulter und wollte gehen. „Rufen Sie mich nie wieder an", sagte sie. „Es tut zu weh."

„Warum willst du ihn dann trotzdem treffen? Ich könnte verstehen, wenn du es nicht tätest."
Andrea zögerte.
„Ich habe Kai sehr geliebt. Niemals vorher habe ich jemanden so geliebt, und ich bezweifle, dass ich den Nächsten so lieben werde. Ich tue es wohl deswegen und weil mir noch immer etwas an Kai liegt. Ich tue es für ihn, nicht für Sie. Ich selbst könnte auch darauf verzichten."
Andrea drehte sich um und ging.
„Ich wusste nicht, dass es so ernst war", sagte Kais Mutter ihr nach.
„Kai wusste es wohl auch nicht", sagte Andrea mit stockender Stimme. Das Treffen tat ihr weh. Sie hatte Mühe, die Tränen zu unterdrücken. Aber sie schlugen sich schon auf ihrer Stimme nieder. Sie konnte es nicht verhindern.
„Wohl nicht", flüsterte Kais Mutter. „Es tut mir leid."

Die ganzen Erinnerungen schossen Andrea ins Gedächtnis, als sie auf Kai wartete. Sie hatte ihn früher oft abgeholt. Immer, wenn sie unmittelbar nach der Arbeit etwas unternehmen wollten. Auch das Warten tat ihr weh. Warum hatte sie nur zugestimmt, mit ihm zu sprechen? Sie hatte mit Kai abgeschlossen. Es war für sie erledigt. Sie war darüber weggekommen. Das Thema Kai gab es eigentlich nicht mehr für sie. Warum sie sich doch dazu entschlossen hatte, konnte sie nicht mit allerletzter Sicherheit beantworten. Sie kam zu dem Schluss, dass es ein Test war. Sie testete sich selbst, wie stark sie war. Konnte sie sich mit Kai treffen, ohne die Beherrschung zu verlieren? In wenigen Minuten würde sie es wissen.

Kai sah sie sofort. Sie stand an derselben Position, wo sie immer gestanden hatte, zwischen einer kleinen vom Moos überwucherten Bank und einer alten Eiche. Es war wie in einer anderen Zeit. Er blieb stehen und sah sie staunend an.

„Wollen wir uns unterhalten?", fragte sie.

„... Gerne", sagte Kai nach kurzem Zögern. „Wollen wir uns dahinten hinsetzen?"

„Lass uns in unser altes Café gehen, O.K.?!", schlug sie vor.

„Gut. Gehen wir da hin."

Es war kein weiter Weg. Vielleicht fünf Minuten. Sie gingen nebeneinander her wie entfernte Bekannte. Sie sprachen kein Wort. Manchmal ertappten sie sich dabei, wie sie unauffällig zum anderen hinübersahen. Es war ihnen auf eine seltsame Weise unangenehm. Andrea wunderte sich, dass sie keinerlei Wut oder Trauer spürte. Sie war nicht einmal nachtragend. Sie empfand ihn fast als alten Freund.

Kai war immer noch sehr erstaunt. Ein mulmiges Gefühl. Eine Mischung aus Angst und Freude. Was würde das für ein Gespräch werden? Sie war so ruhig. Für Vorwürfe zu ruhig.

Ihr alter Lieblingstisch war frei, und sie bestellten sich den gleichen Tee, den sie auch früher immer getrunken hatten. Es kam ihnen beiden wie eine Erinnerung an vergangene Zeiten vor. Doch es war real. Sie saßen zusammen beim Tee, Monate, nachdem sie sich getrennt hatten.

„Es ist schön, dich wieder zu sehen", begann Kai zögerlich.

„Ja? Finde ich auch. Ist lange her."

„Ja ...“

„Ich war seit damals nicht mehr hier“, sagte Andrea.

„Ich auch nicht. Zu viele Erinnerungen.“

„Wie erging es dir inzwischen?“

„Ich habe viel Neues über mich erfahren“, sagte Kai, „vieles, was ich noch nicht wusste.“

„Wurde es mit dir und dem Typen ernst?“

„Ja ... oh ja, das wurde es. Ich hätte es selbst nicht geglaubt.“ Kai rührte aus Nervosität in seinem Tee.

„Es war eine große Liebe für mich. Aber ich befürchte, es ist vorbei.“

„Alles geht einmal vorbei. Wir hatten auch die große Liebe.“

Kai lächelte unsicher.

„Das war etwas anderes“, sagte er.

„Für mich nicht.“

„Für mich schon. Ich weiß heute, dass mir damals etwas gefehlt hat. Wenn ich ehrlich bin, weiß ich nicht, wie wir so lange zusammen sein konnten.“

„Es war Liebe. Darum. Warum zweifelst du daran?“

„Weil ich heute nicht mehr mit einer Frau zusammen sein könnte. Bei Marco habe ich etwas erlebt, was ich ... Ich kann es nicht beschreiben.“

„Und nun ist es vorbei?“

„Ich habe zwar seit ein paar Wochen nicht mehr mit ihm gesprochen, aber ich denke schon. Unser Auseinandergehen war sehr eindeutig.“

„Kommst du damit klar?“

„Ja. Sogar sehr gut. Weißt du, kurz vorher waren wir ein Wochenende in Dänemark. Ganz allein, es war ziemlich romantisch. Da habe ich es gewusst, dass ich glücklich werden kann. Wenn nicht mit ihm, dann mit einem anderen.“

„Aber es muss ein Mann sein?“

„Ja, Andrea. Das habe ich erkannt. Ich bin, wie es der Volksmund beschreiben würde, schwul. So werde ich wohl auch in Zukunft mein Leben gestalten. Mit allen Schwierigkeiten und Widerständen, die es mit sich bringen wird."

Kai war zufrieden. Mit der Erkenntnis und mit sich selbst.

Kai versuchte, auch noch einige Fragen von Andrea beantwortet zu bekommen, aber sie wich ihm aus. Es war ihr nicht behaglich, mit Kai über ihre Zeit nach ihm zu sprechen. Sie erkannte, dass Kai seinen Weg machen würde, aber sie erkannte auch, dass sie ihn dabei nicht begleiten wollte. Manchmal blieben Paare, die sich getrennt hatten, Freunde. Über Jahre hinweg. Sie wollte dies nicht sein. Sie empfand noch zu viel für Kai, und sie befürchtete, dass sie immer zu viel für ihn empfinden würde. Es wäre für sie zu schmerzhaft mitzuerleben, wie er liebt, aber nicht sie liebt. Und sie befürchtete, niemals jemand anderen lieben zu können, wenn Kai noch immer in ihrem Leben einen Platz behalten würde. Auch wenn es nur der Platz eines guten Freundes wäre. Sie wollte das nicht. Sie war auf der Suche nach einer neuen Liebe. Wie konnte sie die neue Liebe finden, wenn schon dieses kurze Treffen sie auf diesem Weg hatte straucheln lassen. Sie hatte Kai fast vergessen. Jetzt musste sie erneut damit beginnen, ihn zu vergessen. Es dauerte das erste Mal lange, es würde auch dieses Mal wieder lange dauern. Dieser Weg war für sie beschwerlich genug. Sie konnte und wollte sich den Schmerz nicht permanent gefallen lassen. Ihn einmal noch vergessen, das soll es dann gewesen sein.

Nach etwas über eineinhalb Stunden gingen sie wieder auseinander. Sie winkten sich zum Abschied zu und gingen in unterschiedliche Richtungen davon. Es war das letzte Mal, dass Kai und Andrea sich gesehen hatten. Auch besuchten sie ihr altes Lieblingscafé nie wieder. Es waren zu viele Erinnerungen damit verbunden. Es waren alles gute Erinnerungen. Aber alle Erinnerungen waren mit Gefühlen behaftet. Gefühle, die in der späteren Nachbetrachtung sehr schmerzlich für sie waren. Was einst sehr schön gewesen war und Rosen in ihrer beider Herz hatte erblühen lassen, war nun der unerbittlichste Feind ihres Seelenfriedens, der mit seiner großen Waffe, dem Schmerz, ihre Wunden niemals ruhen lassen wollte. Erinnerungen, die zu zahlreich waren, um sie zu ertragen.

Kai konnte sich lange Zeit nicht entschließen, wann der richtige Zeitpunkt gekommen sein würde, um Marco einen Besuch abzustatten. Immer wieder zweifelte er, ob es nicht noch zu früh sei oder nicht schon zu spät. Zudem verließ ihn des öfteren der Mut. Er hatte zu häufig noch Angst davor, zu Marco zu gehen, weil er befürchtete, tatsächlich zu erfahren, dass ihre Beziehung keine Beziehung mehr war. Kai brauchte offenbar noch Zeit, um diese Erkenntnis akzeptieren und verkraften zu können. So wartete er auf den Moment, in dem er erkannte, dass die Zeit reif war.

Völlig überraschend war es eines Abends so weit, und er war dabei, sich auf den Weg zu machen. Auf dem Wohnungsflur geriet sein Elan unerwartet ins Stocken. Sein Vater stand ihm unbeabsichtigt gegenüber. Eisiges Schweigen ummantelte sie, und mit versteinerten Gesichtern sahen sie sich an.

Nicht von der Lautstärke schreiender Streithähne, sondern von der erdrückenden Stille wurde Kais Mutter in den Flur gelockt. Mit Entsetzen registrierte sie die Feindseligkeit zwischen Vater und Sohn. Wortlos verließ Kai die Wohnung, aufgeregt, aber bemüht, die Aufregung nicht zu zeigen. Sein Vater blieb mit all seinem Unverständnis und ebenso viel Aufregung im Flur zurück. Hinter sich hörte er das Atmen seiner Frau und spürte den Luftzug ihres Atems in seinem Nacken.

„So kannst du mit ihm nicht umgehen", sagte sie.

„Es ist nichts gewesen", sagte er leise, um sich zu rechtfertigen.

„So kannst du mit ihm nicht umgehen!" Energisch wiederholte sie sich.

„Es ist doch nichts passiert!", fauchte er zurück.

„Das ist es ja. Es passiert nichts! Du lässt ihn einfach fallen! Herrgott, er ist dein Sohn."

„Mein Sohn ... ein toller Sohn. Ich wollte stolz sein auf meinen Sohn."

„Dann sei stolz auf ihn!"

„Wie kann ich das? Wie kann ich stolz auf ihn sein, wenn ich ihm nicht einmal in die Augen sehen kann?"

„Und warum kannst du das nicht? Ist es denn so schlimm? Geht denn davon deine heile Welt unter? Nichts ist dadurch anders geworden - gar nichts!"

„Und wenn zehnmal nichts anders geworden ist, ich verstehe es nicht! Ich kann es einfach nicht verstehen. Was ist denn da passiert? Er hatte doch eine Freundin."

„Nun war sie aber eben nicht das Richtige. So etwas passiert!"

„So etwas passiert ... na Klasse ... aber ausgerechnet ... es will einfach nicht in meinen Kopf!" Die Verzweiflung über die Hilflosigkeit war Kais Vater in diesem Moment anzumerken. Selbst wenn er versuchen würde, seinen Sohn zu verstehen, es war ihm in diesem Moment einfach nicht möglich. Er war in seinem Selbstverständnis zu sehr verletzt. Insgeheim hatte er natürlich schon Pläne gemacht. Er hatte sich vorgestellt, mit seinem Enkel zum Fußball zu gehen. Er hatte gehofft, seine Frau auf der Hochzeit ihres Sohnes tröstend in den Arm nehmen zu können. Sie weinte so leicht vor Glück. Er hatte sich vorgestellt, wie er der jungen Familie finanziell unter die Arme greifen müsste, damit sie eine neue Einrichtung für das Kinderzimmer hätten kaufen können. Diese und noch viele weitere Situationen hatte er sich in seiner Phantasie ausgemalt. Gehofft auf das spätere Leben eines Großvaters, der stolz die Kinderfotos seiner Enkel herumzeigen kann.

Sein Weltbild geriet wirklich ins Wanken. Alle seine Planspiele waren umsonst gewesen. All seine Vorbereitung war für nichts. Er musste seine Zukunft neu überdenken, und er konnte sich nicht vorstellen, dass ein Mann, der Freund seines Sohnes, einen Platz in ihr fand.

„Du wirst damit leben müssen. Ich lasse nicht zu, dass du Kai auf diese Weise behandelst." Kais Mutter klang entschlossen. „Du wirst es akzeptieren müssen, und du wirst wieder zu deinem Sohn stehen, ihm die Unterstützung zukommen lassen, die er bisher von dir hatte und die er nach wie vor verdient. Du wirst ihn auch verteidigen, wenn deine ach so guten Freunde über ihn herziehen."

Ebenso entschlossen, wie sie ihre Meinung vertreten hatte, wandte sie sich nun ab und ging zurück ins Wohnzimmer.

„Ach noch etwas ...", sagte sie, „... das war keine Bitte! Das erwarte ich von dir! Damit wir uns da klar verstehen."

Sie hatte ihre Meinung gesagt. Mehr gab es nicht. Ihr Mann blieb zurück. Er hatte keine Wahl und hatte doch alles in seiner Hand. Er konnte entscheiden, er war verantwortlich. Er konnte sich seiner eigenen verbohrten Meinung hingeben oder eine neue, die seiner Frau, annehmen. Er konnte seinem Sohn beistehen, oder er konnte es lassen. Beide würde er verlieren, wenn er sich nicht seiner Frau beugen würde und auch in Zukunft zu seinem Sohn stehen würde. Das war ihm bewusst. So blieb ihm am Ende nur der Versuch, seinen Sohn zu verstehen. Seine Gefühle zu verstehen, zu erkennen, dass die Gefühle, die Kai hatte, sich im Grunde nicht geändert hatten. Er wusste, es würde ein langer Weg sein. Doch was blieb ihm sonst?

Kai konnte von der Straße aus erkennen, dass bei Marco in der Wohnung Licht brannte. Nun war es also so weit. Nun würde Kai endlich erfahren, was er schon einige Tage vermutet hatte oder zumindest erahnt. Er war bereit, es zu erfahren. So zögerte er nicht lange und ging nach oben. Ein mulmiges Gefühl war es doch, das ihn ergriff. Direkt vor der Tür zögerte Kai dann doch für einen kurzen Moment, klingelte dann aber schließlich.
Marco öffnete, ging aber wieder ins Wohnzimmer zurück, wo er gesessen hatte, und nahm wieder Platz. Kurze Zeit später folgte Kai ihm ins Wohnzimmer. Er erschrak vor dem, was er sah, zeigte es aber nicht. Marco saß in einem Sessel, ins Leere starrend, im Hintergrund lief Musik. Völlig unbeteiligt und ohne Reaktion darauf, dass Kai gekommen war.
„Wie geht's dir?", fragte Kai.
„Es geht mir gut", sagte Marco mit fester Stimme. Er machte sich nicht die Mühe, Kai anzusehen.
„Warum bist du so abweisend?"
„Bin ich nicht."
„Nicht?"

„Nein. Das bildest du dir ein. Aber wo wir gerade dabei sind, was möchtest du?“

„Nun, wir haben uns jetzt lange nicht gesehen.“

„Richtig, ich hatte keine Lust.“

„Jetzt offenbar auch nicht.“ Kai verzweifelte beinahe an Marcos abweisender Haltung. Er drang einfach nicht zu ihm hindurch. Er erreichte ihn nicht. „Was ist bloß los mit dir?“

„Nichts ist los. Ich dachte nur, es sei klar geworden, dass es vorbei ist.“

„Ist es das wirklich, Marco?“

„Ja, ist es. Ich kann unsere Beziehung nicht mehr ertragen.“ Die Worte waren Marco deutlicher entfahren, als er es gewollt hatte.

Von den deutlichen Worten getroffen, merkte Kai, dass er die Trennung doch nicht so einfach verkraftete, wie er es gehofft hatte. Es schmerzte, dass Marco so sprach. Nichts war offensichtlich übrig geblieben. So sehr Kai es versuchte, er konnte sich nicht erklären, warum ihre Beziehung auf einmal vorbei war. Er empfand ihr Wochenende in Dänemark als sehr schön. Auf Marco musste es eine andere Wirkung gehabt haben.

„Es liegt nicht an dir Kai“, sagte Marco plötzlich. „Es ist nur einfach so, dass ich jetzt keine Beziehung haben kann. Ich verkrafte sie einfach nicht.“

„Also war doch etwas.“

„Es hat nichts mit dir zu tun. Ich brauche einfach Zeit, um herauszufinden, was ich will. Im Gegensatz zu dir bin ich an unserer Beziehung nicht gewachsen. Im Gegenteil, mich hat sie zutiefst verunsichert.“

„Ich bin daran gewachsen, sagst du?“

„Dachtest du, ich hätte das nicht gemerkt? Für dich muss es eine Erfüllung gewesen sein, eine schwule Beziehung zu haben. Von daher hatte unsere Beziehung etwas

Gutes." Marco wollte es in diesem Gespräch unbedingt vermeiden zu sagen, dass er Kai nicht geliebt hatte. Er hatte sich vorgenommen, es Kai nie zu sagen. Niemals sollte er es erfahren.
„Unsere Beziehung hatte noch mehr Gutes."
„Für mich nicht. Für mich brachte sie das Ende aller Sicherheit." Marco resignierte.

Am Anfang war Marco selbstsicher gewesen. Er wusste, wer er war. Er wusste, was er wollte. Er hatte Claudia und wollte Kai. Doch je mehr er Kai bekam, umso mehr wurde er geschwächt. Am Ende war er schlicht am Ende. Nur, was ihn ans Ende brachte, war nicht klar. War es die Beziehung zu einem Mann, oder war es die Fähigkeit, eine Beziehung zu einem Mann zu haben? Was reizte ihn an einer Beziehung zu einem Mann, wenn er sich nicht in einen Mann verliebte? Was immer der Grund für Marcos Unsicherheit war, es war vernichtend für ihn.

„Du hast, glaube ich, noch die Wohnungsschlüssel", meinte Marco.
„Du meinst es wirklich ernst. Du willst nicht mehr."
„Ich will und ich kann nicht mehr."

Schlagartig war alles gesagt. Kai drang nicht mehr zu Marco durch. Es war vorbei, vermutlich für immer. Auch wenn Kai es geahnt hatte, traf es ihn dennoch. Marco war wie ein Tor für ihn in eine neue, wunderschöne Welt. Eine Welt, die er nicht wieder verlassen wollte. In dieser neuen Welt konnte er sein Glück finden, und erst Marco hatte ihn dort hineingebracht. Das Tor schloss sich, und die Brücken brachen ab. Er konnte und er wollte in der neuen Welt leben. Eine schwule Welt. Eine Welt, die sein Glück brachte, die ihm seine Geborgenheit bringen sollte.

Er hatte Marco verloren, aber ungleich mehr gewonnen. Sein Selbstwertgefühl, seine Sicherheit für sein Leben. Er würde es Marco nie vergessen können, auch wenn er ihn nie wieder sehen würde. Er sah ihn nie wieder. Er hatte Marco die Schlüssel gegeben, sie hatten sich verabschiedet, und Kai schloss die Tür hinter sich - das war's.

Dreizehn

Irgendwann später in seinem Leben traf Kai auf ein Lächeln. Das Lächeln eines Mannes. Ein Lächeln, dass ihn verzauberte. Ein Lächeln, dass sein Leben veränderte. Das tat es nicht sofort. Es geschah schleichend. Erst wurde dieser junge Mann ein guter Freund. Ein Freund, dem er vertrauen konnte. Jemand, der ihn tröstete und mit ihm lachte. Der für ihn da war, und der ihn brauchte. Bis daraus mehr entstand.

Was blieb Marco in seinem Leben? Die Gewissheit, Kai den Weg aufgezeigt zu haben. Einen Weg in eine neue Welt, die er noch nicht gekannt hatte. Einen Weg, der für ihn das Glück bedeuten sollte. Für Marco war dieser Weg nicht bestimmt. Er konnte ihn nicht gehen. Er fühlte sich nicht stark genug dafür. Er sehnte sich nach dem unzerstörbaren Glück, das er einmal gehabt hatte. Doch wo er es suchen sollte, wusste er nicht. Er fühlte sich abgestoßen von Orten für den schnellen Sex, aber er suchte sie auf. Immer wieder war er dort zu finden. Bis man wusste, wo er zu finden war.

Ein paar Tage schon hatte er den Blickkontakt mit einem der Männer aufgenommen, die ebenfalls immer an den gleichen Orten zu finden waren. Ein Mann, der Marco

schon häufiger eindeutige Blicke zugeworfen hatte. Mehr war aber noch nicht geschehen. Bis zu diesem Abend.
„Du bist schon ein paar Tage hier", sagte der Mann.
„Du ja auch."
„Ich bin Oliver ..."
„Ich heiße Marco."
„Der Name passt zu dir", schmeichelte Oliver. Fordernd sah er Marco an.
„Ich weiß nicht, ob ich Lust habe", meinte Marco.
„Ich schon", sagte Oliver und begann, Marco durch die Haare zu fahren. „Wir sollten woanders hingehen."
„Ich sag doch, ich weiß nicht, ob ich Lust habe."
„Und wie sollen wir das herausfinden? Vielleicht, indem ich weiterstreichle?"
Die Zärtlichkeiten gefielen Marco. Er genoss sie. Er hielt die Zärtlichkeiten für Geborgenheit, aber sie waren keine. Mehr und mehr gab er sich der Zärtlichkeit hin. Oliver bemerkte dies sehr schnell. Es war sein Ziel, und er verfolgte es unbeirrt. Bis er wusste, dass es genügte, dauerte es nicht lange. Als es so weit war, stand er auf und ging. Marco folgte ihm, und gemeinsam verließen sie das Lokal.

Nur für kurze Zeit wollte Claudia riskieren, Marco aus den Augen zu lassen. Sie vertraute darauf, dass sie ihn an diesem Abend auch wieder dort antreffen würde, wo er auch die letzten Tage gewesen war. Es war der Zeitpunkt, als Marco gerade mit Oliver auf die Straße trat. Oliver war eine gepflegte Erscheinung und war ähnlich jung wie Marco. Er war ein ungewöhnliches Publikum für jenen Ort. Ebenso wie Marco, der eigentlich auch nicht dort hineinpasste.
Claudia war zu Hause. Hatte sich in ihrem Zimmer verbarrikadiert und reagierte nicht auf die abwechselnd

flehenden und beschwichtigenden Worte ihrer Mutter. Gelegentlich hörte sie auch, wie ihre Mutter in die andere Richtung fauchte. Immer dann, wenn ihr Vater versuchte, sich in Szene zu setzen.

„Was tust du da drin?", fragte ihre Mutter. Auch auf diese Frage erhielt sie keine Antwort.

Claudia begutachtete sich in ihrem großen Spiegel. Zupfte noch etwas an ihrer Strumpfhose herum und war dann einigermaßen mit deren Sitz zufrieden. Dunkle Ringe platzierten sich hemmungslos um ihre Augen, ihr Gesicht war ungeschminkt. Die blanke Erschöpfung stand ihr ins Gesicht geschrieben. So konnte sie sich nicht auf den Weg machen.

Minuten, nachdem sie ihr Make-up aufgelegt hatte, verließ sie ihr Zimmer und ging wortlos an ihrer staunenden Mutter vorbei.

„Du lieber Himmel, wo willst du denn drauf los?"

„Das geht dich nichts an!", entfuhr es Claudia, und sie warf hinter sich die Wohnungstür zu.

Die Dunkelheit begleitete Marco auf seinem Weg, wie er Oliver auf seinen Schritten folgte.

„Wohin willst du?", fragte Marco.

„Wir könnten zu mir", sagte Oliver, „mein Wagen steht in der nächsten Straße."

Marco folgte ihm, ohne nachzudenken. Er folgte einem wildfremden Mann einfach durch die Nacht. Auf der Suche nach etwas, was er auf diese Weise nicht finden konnte. Er ging Oliver immer weiter nach, ging aber nie auf gleicher Höhe mit ihm. Marco war an diesem Moment sehr abwesend. Er stapfte Oliver hinterher und bemerkte nicht einmal, dass dieser ihm nicht einmal näher kam. Sie gingen durch einige dunkle Straßen, aber

Oliver zeigte keine Anzeichen mehr, an Marco Interesse zu haben. Er lockte ihn durch die Straßen, von der eine einsamer und verlassener war als die vorherige.
„Wo steht denn dein Wagen?“, fragte Marco.
„Ist nicht mehr weit ...“

Ein dumpfer Schlag hallte durch die Nacht.
Marco war wie betäubt, als er zu Boden sackte.
Ein paar Häuser weiter wurde der Motor eines Wagens abgestellt. Unbeachtet.
Ringend nach Luft sah Marco nur schemenhaft, wie ihn ein Baseballschläger aus dem Dunkeln in die Magengrube getroffen hatte. Hatte sein Körper nun Gelegenheit, sich dem Zustand seines Geistes anzunähern? Betäubt von dem Schmerz waren beide. Sein Geist von der Suche nach Geborgenheit, die er einfach nicht in der Lage war zu finden, und sein Körper von dem Schlag in die Magengrube, die ihn nach Luft ringen ließ. Was ging ihm nicht alles durch den Kopf ... Mit Claudia Eis essen und alte Leute ärgern. Sich darüber lustig machen, wenn die Rentner sich über die laute Musik beschwerten.

Er hockte auf seinen Knien, als er vorn über weiter zu Boden sackte. Seine Hose sog sich begierig mit dem Wasser aus der Pfütze voll, in die er gefallen war.

Ebenso schemenhaft wie zuvor den Schlag sah er nun jemanden aus dem Wagen aussteigen. Die Fahrertür wurde geschlossen, und mit einem Fingerwisch wurde der Lack auf Schmutzablagerungen überprüft.

Er dachte über die schöne Zeit nach, die er mit Kai verlebt hatte. Es war eine schöne Zeit gewesen, auch wenn er bald bemerkt hatte, dass er ihn nicht wirklich geliebt hatte. Die folgenden Schläge, die ihn an verschiedenen Stellen seines Körpers trafen, bemerkte er schon gar nicht mehr. Er war in seine Gedanken versunken. Er dachte sogar noch einmal an sein erstes Erlebnis in diesem Sexkino mit einem Unbekannten.

Er hörte die Schritte, die immer dichter kamen. Immer lauter wurde das Klappern der Pfennigabsätze. Beine in hochhackigen Schuhen, die, von einer schwarzen Strumpfhose geziert, in einem engen schwarzen Kleid verschwanden, kamen auf ihn zu.
„Das reicht“, sagte sie. „Ihr könnt gehen.“
Bedrohlich blieb sie neben ihm stehen. Neben seinem Kopf.
„Dein Blut versaut mir die Schuhe.“
Überlegen beugte sie sich über sein Gesicht.
„Ich hoffe, du erkennst mich noch.“
„Was soll das?“, flüsterte er.
„Das gehört doch dazu. Ich habe mich erkundigt. Kennst du es etwa noch nicht?“, verbittert sah sie ihm in die Augen.
„So etwas nennt man ‚Schwule ticken‘!“, sagte Claudia, richtete sich wieder auf und atmete tief ein. Verachtend sah sie Marco an.
„Du bist doch nicht dicht!“
„So? Ich bin nicht dicht? Das hast du dir doch selbst zuzuschreiben. Wir hatten ein gemeinsames Leben vor uns, du Schwachkopf! Wir haben uns alles Mögliche geschworen, hast du das schon vergessen?“
Hustend versuchte Marco sich aufzurichten.
„Ach ... dreh dich weg, das ist ja ekelhaft!“, Claudia war angewidert. „Und merke dir: Ich bin nicht verrückt. Ich wollte dich nur mal wissen lassen, wie es sich anfühlt,

wenn einem wehgetan wird. Du hattest nicht einmal den Anstand, unsere Beziehung wie ein Mann zu beenden! Wie soll man denn da noch Respekt vor dir haben? Und wenn ich dich hier so sehe, wie ein jämmerlicher Waschlappen hockst du da!"
„Du hast sie doch nicht alle ..."
„Oh doch, ich habe mehr davon, als du! Ich wollte es dir heimzahlen, und das ist mir gelungen."
„Das ändert gar nichts."
„Für mich ändert es alles!", erwiderte Claudia. „Ich kann jetzt wieder in den Spiegel sehen, ohne dass ich jemanden sehe, der nichts erreicht. Du hast mich wie ein dummes Huhn stehen gelassen. Das konnte ich nicht auf mir sitzen lassen."
Marco versuchte, sich weiter aufzurichten, musste den Versuch aber sofort wieder abbrechen.
„Das solltest du lassen", meinte Claudia, „deine Rippen sind wohl gebrochen."
„Hauptsache, du bist glücklich!"
„Bin ich!"
Claudia sah ihm genussvoll zu, wie er sich vor Schmerz krümmte. Was immer sie fühlte, ob es nun Erleichterung darüber war, dass sie nun endlich am Ziel war, oder ob es Scham und Abscheu darüber war, was sie Marco angetan hatte. Es war für sie das letzte Gefühl, das sie je mit Marco in Verbindung brachte. Sie ging seelenruhig zu ihrem Wagen zurück und sah sich dann noch einmal um. Einmal noch ihr Werk betrachten. Den Schmerz genießen, den sie Marco zugefügt hatte. Den Schmerz, der ihr über ihren eigenen Schmerz hinweghelfen sollte. Der es tat, so gut er es vermochte, der aber einen kleinen Funken ihres Schmerzes verschont ließ, sodass sie nie wirklich über den Verlust von Marco hinwegkommen sollte.

Claudia fuhr in ihrem Wagen davon und ließ die Dunkelheit und darin Marco weit hinter sich. Eines hatten Marco und Claudia gemein, ohne dass sie davon eine Ahnung hatten: Sie waren beide Gefangene ihrer Einsamkeit.

Die Fotos aus glücklichen Tagen waren verbrannt, seine Geschenke entfernt. Nichts erinnerte sie mehr an ihn. Sie kehrte mit einem erleichterten Lächeln in ihr Zimmer zurück. Bereit, sich ihrem Leben von neuem zu stellen. Das Kleid, das sie trug, das sie nie zuvor getragen hatte, wurde nie wieder getragen. Es hing von diesem Abend an unbeachtet in ihrem Schrank.

Ein Jeder war seines eigenen Glückes Schmied. Immer auf der Suche nach dem besseren, dem größeren Glück. Wer konnte es erzwingen?

Sie konnten es nicht.